MARGARET MOORE

La heredera escocesa

Editado por HARLEQUIN IBÉRICA, S.A.
Núñez de Balboa, 56
28001 Madrid

I.S.B.N.: 978-84-9010-909-0
Depósito legal: B-5393-2012
Editor responsable: Luis Pugni
Impresión y encuadernación: LIBERDUPLEX
08791 Sant Llorenç d'Hortons (Barcelona)
Fecha impresión Argentina: 28.9.12
Distribuidor exclusivo para España: LOGISTA
Distribuidor para México: CODIPLYRSA
Distribuidores para Argentina: interior, BERTRAN, S.A.C. Vélez
Sársfield, 1950. Cap. Fed./ Buenos Aires y Gran Buenos Aires,
VACCARO SÁNCHEZ y Cía, S.A.
Distribuidor para Chile: DISTRIBUIDORA ALFA, S.A.

Muchas gracias a mis padres, a mi marido y a mis hijos por su apoyo, por su sensatez y por todo lo que nos hemos reído.

Capítulo 1

Gordon McHeath pensó que había pasado demasiado tiempo en la ciudad. Tomó una bocanada de aire puro mientras cabalgaba hacia la cima de una colina camino de Dunbrachie. Después de tantos años en Edimburgo, se había olvidado de lo limpio y estimulante que podía ser el aire de las Highlands. Se había acostumbrado al humo, los olores, los ruidos y las multitudes de una ciudad bulliciosa. Allí, el silencio solo se rompía por el canto de un pájaro, el balido de una oveja o el mugido del ganado. La ladera norte, a su izquierda, estaba cubierta de aulagas y helechos y la ladera a su derecha con un bosque de abedules y pinos que, con las hojas verdes todavía, desprendía un olor que le recordaba a la Navidad y las oscuras noches invernales aunque estaban todavía en septiembre. Las hojas de los otros árboles ya estaban tornándose marrones y doradas y supuso que, debajo, la tierra estaría húmeda y embarrada. También pudo ver un río que bajaba con fuerza entre orillas rocosas.

Desgraciadamente, se había olvidado de lo frío que

podía ser el viento allí y las nubes densas y oscuras estaban cada vez más cerca. Si no quería empaparse, tenía que conseguir que el jamelgo que había alquilado se moviera más deprisa. Cuando lo había puesto al trote, los ladridos furibundos de un perro alteraron la tranquilidad del campo. No eran los ladridos de un perro de caza, parecían los de un perro pastor o un perro guardián. Gordon se elevó sobre los estribos y miró alrededor, pero no vio un rebaño de ovejas ni nada que pudiera exigir un perro guardián.

–¡Socorro! ¡Ayúdenme!

Los gritos de la mujer le llegaron del bosque y, aunque casi inaudibles por los ladridos y el torrente de agua, su significado y el tono de desesperación eran inconfundibles. Clavó los talones en el costado del caballo para que saliera del camino y se dirigiera hacia la mujer y el perro, pero sin ningún éxito porque era el caballo más obstinado que había montado, como si fuese una mula. Gordon dejó escapar un improperio en voz baja, desmontó, dejó las riendas entre las ramas de un arbusto y empezó a bajar la ladera rocosa y resbaladiza. Se rasgó la manga del abrigo con un acebo, sus botas de montar se llenaron de barro y una rama que no había visto le quitó el sombrero. Cuando fue a recogerlo, se resbaló, se cayó sentado y empezó a deslizarse hasta que consiguió agarrarse a un árbol. El perro siguió ladrando y la mujer volvió a pedir ayuda. Estaba más cerca, aunque no podía verla.

Se levantó y entonces vio al perro más grande y de aspecto más amenazador que había visto en su vida. Estaba debajo de un abedul alto y fino al borde del río, no era de ninguna raza que Gordon pudiera reconocer, era negro, tenía una cabeza y unas mandíbulas enormes, unas orejas pequeñas y los ojos muy grandes, era un perro espantoso que gruñía con hilos de saliva colgándole del hocico. Aun así, estaba casi seguro de que no era un perro rabioso. Vio uno una vez con los ojos desorbitados y moviéndose de costado y no lo olvidaría jamás. No obstante, se mantendría todo lo alejado de él que pudiera.

–¿Estáis herido? –preguntó la mujer.

Gordon supo por su acento que no era una campesina o una pastora.

–No –contestó él.

¿Quién era esa mujer? ¿Dónde estaba? No podía ver a nadie cerca del perro o del árbol. A no ser que… Se acercó con cautela y miró entre las ramas. Allí estaba, agarrada al tronco y sobre una rama que parecía que no podía sujetarla, aunque ella fuese delgada. A pesar de las circunstancias, también se dio cuenta de que era excepcionalmente hermosa, de que tenía unos rasgos delicados, unos ojos grandes y oscuros y unos rizos también oscuros que sobresalían por debajo de un sombrero de montar de color amarillo verdoso. Toda su vestimenta de amazona era de terciopelo y de ese mismo color, no era la vestimenta de una vagabunda o una ladrona.

–Estoy bien. ¿Estáis herida? –preguntó él mientras pensaba qué hacer con ese perro.

Tenía una pistola en el bolsillo del abrigo azul, ningún hombre viajaría solo y desarmado por esa parte del país, pero matar al animal sería el último recurso. Al fin y al cabo, estaba haciendo lo que tenía que hacer si, por ejemplo, esa mujer se había adentrado en unas tierras privadas.

En vez de sacar la pistola, se agachó y agarró una piedra. Había sido un buen jugador de cricket cuando

estaba en el colegio y esperó no haber perdido la punte-
ría mientras arrojaba la piedra a los cuartos traseros del
perro. Lo alcanzó y llamó su atención, pero no lo ahu-
yentó. Buscó otro proyectil lo suficientemente grande
para asustarlo sin herirlo gravemente. Como abogado,
podía imaginarse a un granjero furioso que lo denuncia-
ba por haber matado a un perro que se había limitado a
defender sus tierras, como tenía que hacer.

–¡La rama va a romperse! –gritó la mujer.

Agarró una piedra algo mayor que la anterior. Estaba
cubierta de barro, pero consiguió lanzarla sin que se le
resbalara de las manos enguantadas. Voló dejando escapar trozos de tierra hasta que golpeó al perro en el
lomo. El animal salió corriendo entre los árboles y se
lanzó al agua.

–¡Gracias! –exclamó la mujer mientras Gordon se
acercaba a la base del árbol–. ¡Creía que iba a tener que
pasarme toda la noche aquí!

Él pudo verla mejor. Estaba sobre una rama de unos
ocho centímetros de grosor y abrazada al fino tronco
blanco. Además de la vestimenta de montar de terciopelo, la joven, que tendría unos veinte años, llevaba guantes
y botas de cuero marrón claro, tenía una piel muy blanca
y suave, los labios rosados y arqueados, y sus ojos, grandes y de color café, lo miraron con admiración.

–Me alegro de poder ayudaros.

–He tenido suerte de que pasarais por aquí –comentó
ella mientras empezaba a bajar con una agilidad sor-
prendente–. Además, también tuve suerte de pasar tanto
tiempo trepando por los almacenes de mi padre cuando
era niña, si no, creo que esto no habría acabado bien.

¿Almacenes? Naturalmente, su padre tenía que ser
rico, lo que explicaría el terciopelo. Se preguntó si ten-

dría madre, hermanos y un afortunado marido. Su curiosidad se vio provisionalmente interrumpida cuando una pequeña rama se enganchó en el borde de su vestido y le mostró primero su bota, luego, el bien formado tobillo y después la pantorrilla cubierta por una media y... ¿Qué estaba haciendo? Mejor dicho, ¿qué no estaba haciendo?

—Os pido disculpas, se os ha enganchado el vestido.

—Sí —confirmó la desconocida mientras se lo soltaba con las mejillas sonrojadas—. No me costó nada subir al árbol por el miedo al perro, pero bajar es otro asunto.

—Permitidme que os ayude —se ofreció él cuando ella llegó a una rama más baja.

Aunque no sabía qué iba a hacer, se quitó los guantes embarrados y se los guardó en un bolsillo mientras se acercaba. No podía tocarla, sería incorrecto, pero, por otro lado, esa circunstancia era excepcional. Ella le ahorró tener que planteárselo cuando le puso las manos en los hombros. Él levantó los brazos, la agarró de la cintura y ella saltó. Fue algo tan imprevisto que casi perdió el equilibrio. Los dos habrían caído al suelo si no la hubiera rodeado inmediatamente con los brazos. Ni siquiera sabía su nombre pero tenerla entre los brazos estaba... muy bien. Mejor que eso, era maravilloso, como si esa mujer estuviera hecha para estar entre sus brazos.

Ése tenía que ser el mayor desvarío fantasioso que se había permitido su mente lógica de abogado. Además, estaba ruborizándose como un colegial aunque casi tenía veintinueve años... y tampoco era la primera vez que tenía a una mujer entre los brazos.

—Ya estáis sana y salva —comentó él con una sonrisa y como si hiciese eso todos los días.

–Gracias por rescatarme. No sé qué habría hecho si no hubieseis aparecido, señor…

–McHeath. Gordon McHeath, de Edimburgo.

–Estoy en deuda con vos, señor Gordon McHeath de Edimburgo.

Él nunca había estado tan feliz por oír la palabra «deuda». Entonces, sin previo aviso, sin que él pudiese ni imaginarse lo que estaba haciendo, esa mujer cuyo nombre no sabía todavía se puso de puntillas y lo besó. Sus labios eran delicados, su cuerpo grácil y moldeable y su contacto hizo que sintiera un arrebato abrasador por todo el cuerpo.

Llevado por el instinto y la necesidad, la estrechó contra sí. El corazón se le salía del pecho y le pasó la lengua por los labios hasta que ella dejó que entrara en su boca cálida y acogedora. Le recorrió con las manos los costados de la espalda, le acarició su flexible espina dorsal y sus pechos empezaron a subir y bajar rápidamente contra su torso. Ella le tomó los hombros con las manos y su cuerpo se relajó contra el de él. Que Dios se apiadara de él, nunca lo habían besado así y él nunca había besado así. Además, no quería dejar de besar así…

Hasta que se acordó de que no era un libertino, sino un abogado de Edimburgo, y de que ella debía de proceder de una familia adinerada y que podía tener un padre, unos hermanos e, incluso, un marido.

Casi en ese mismo instante, ella se apartó tan repentinamente como si hubieran metido una palanca entre los dos, se puso roja como un tomate y tragó saliva mientras él se preguntaba qué podía decir.

–Lo… lo siento, señor McHeath –se adelantó ella–. No sé qué me ha pasado. No suelo será tan… Espero que no penséis que suelo besar a desconocidos.

–Yo tampoco suelo besar a mujeres que no me han presentado –replicó él.

Ella se alejó más y se pasó una mano enguantada por la frente.

–Ha tenido que ser por la tensión… o el alivio… o el agradecimiento, claro.

Eso podía explicar lo que había hecho ella, pero ¿qué excusa tenía él para haberle devuelto el beso con tanto ahínco? La soledad; un corazón recientemente partido o, al menos, dolorido; su belleza; sentir los brazos de una mujer alrededor de él, aunque no fuesen los de Catriona McNare… Evidentemente, esa atrevida joven no se parecía nada a la modosa Catriona McNare.

–¿Puedo preguntaros dónde os alojáis, señor McHeath? Estoy segura de que mi padre querrá conoceros e invitaros a cenar. Es lo mínimo que podemos hacer para expresaros nuestro agradecimiento por una aparición tan oportuna.

Ella había hablado de su padre, no de su marido…

–Estoy en la residencia de los McStuart.

La actitud y el ademán de ella se alteraron tanto como si hubiera dicho que estaba preso en la cárcel de Edimburgo. Su puso tensa y sus voluptuosos labios adoptaron un gesto desdeñoso.

–¿Sois amigo de sir Robert McStuart? –preguntó ella con la misma frialdad que pasión había tenido su beso.

–Sí. Fuimos juntos al colegio.

Ella se sonrojó, pero no por vergüenza, sino por una furia que no quiso disimular. ¿Qué habría hecho Robbie para enfurecerla tanto? Podía imaginarse varias cosas de Robbie, entre ellas, la seducción, y, como sabía por su profesión de abogado, el infierno era una nadería en comparación con la furia de una mujer ultrajada.

–¿Os ha hablado de mí? –preguntó ella con los puños apretados–. ¿Por eso pensasteis que podías besarme así?

–Sir Robert no me habló de ninguna joven cuando me invitó –contestó él con sinceridad e intentando conservar la calma–. También debo recordaros que sigo sin saber vuestro nombre. Además, vos me besasteis a mí –añadió él.

Ella, sin inmutarse, levantó la barbilla y habló como si fuese una reina.

–Gracias por vuestra ayuda, señor McHeath, pero un amigo de Robbie McStuart no puede ser amigo mío.

–Evidentemente… –farfulló él mientras ella se daba media vuelta y se alejaba.

En cuanto Moira MacMurdaugh creyó que Gordon McHeath no podía verla, se levantó el borde de la falda y corrió hasta su casa. ¿Cómo había podido ser tan necia, tan impetuosa y tan descarada? Nunca debió haberlo besado. Nunca debió haberlo tocado. Debería haberse limitado a darle las gracias y a dejarle que siguiera su camino. Cuando la estrechó contra sí, debería haberse apartado inmediatamente… aunque el beso de Gordon McHeath parecía sacado de una novela francesa, rebosante de ardor, deseo, anhelo, avidez… Peor aún, podía imaginarse lo que Robbie McStuart deduciría de ese encuentro porque Gordon McHeath se lo contaría con toda certeza. Pronto habría más habladurías sobre ella por todo Dunbrachie y esa vez sería por su culpa. Sin embargo, lo que más le angustiaba era imaginarse la reacción de su padre cuando se enterara. Había mantenido durante casi seis meses la promesa que le había hecho y le desquiciaba pensar que podía volver a beber en exceso por culpa de ese acto irreflexivo.

Aunque también era posible que el señor McHeath no se lo contara a Robbie. Al fin y al cabo, era tan culpable como ella.

—¡Milady, habéis vuelto! ¿Os habéis caído? ¿Os habéis hecho daño? —gritó el lacayo de pelo canoso.

Moira entró en el patio rodeado por los altos muros de piedra que defendieron el castillo en tiempos de Eduardo I «Longshanks» y William Wallace, y Jem se acercó apresuradamente hacia ella desde la entrada de los establos.

—Sí, me he caído, pero no me he hecho daño. ¿Ha vuelto Dougal? —preguntó ella refiriéndose a su caballo.

—Sí, el canalla ha vuelto —contestó Jem—. Íbamos a empezar a buscaros. Vuestro padre va a tranquilizarse cuando os vea.

Ella volvió a maldecirse por haberse entretenido con el señor McHeath aunque fuese un joven alto, de pelo color caoba, con ojos marrones y mandíbula poderosa que parecía una de esas estatuas griegas que había visto en Londres y esperó que no fuese demasiado tarde… hasta que se acordó de que todo el vino y los licores estaban encerrados y de que ella tenía la única llave. Además, no estaban en Glasgow, donde su padre solo tenía que bajar a la calle para ir a una taberna. No obstante, aceleró el paso para atravesar la parte nueva de la casa que había construido el conde anterior, la cocina y la bodega, la lavandería y el comedor del servicio. Olió a pan recién hecho y a carne asada y sintió una punzada de añoranza por los viejos tiempos, antes de que su padre empezara a beber en exceso y antes de que tomara posesión del título y de su herencia.

Llegó al piso principal y al pasillo que llevaba a la biblioteca, al despacho de su padre y a la sala. La sala era parte del edificio nuevo, pero el vestíbulo de entrada con paneles de roble oscuro, el despacho y la biblioteca, no. Otras habitaciones se habían añadido desde que se construyó el castillo hasta que se renovó y amplió el edificio y, en ese momento, la residencia campestre del conde de Dunbrachie era una mezcla de estilos desde la Edad Media hasta el período georgiano. Cuando llegó, pasó mucho tiempo explorando todos los rincones, las bodegas y los desvanes, descubriendo cuadros y muebles olvidados, polvo, telarañas y algún ratón muerto.

Moira se detuvo un momento para mirarse en uno de los enormes espejos que intentaban iluminar más el oscuro vestíbulo, tomó aliento, se quitó el sombrero, lo dejó sobre la mesa de mármol que había junto al espejo y se colocó bien el pelo.

—¡Moira!

Se dio la vuelta y vio a su padre en la puerta del despacho. Estaba alterado y su pelo canoso y tupido estaba despeinado e indicaba que se había pasado repetidamente las manos por él.

—¿Qué ha pasado? ¿Te ha pasado algo? —preguntó él mientras se acercaba.

Él le tomó las manos mientras la miraba detenidamente. Ella decidió que cuanto menos contara de lo que había pasado, mejor.

—Estoy bien. Me caí y Dougal se marchó. He tenido que volver andando.

—Iba a ir a buscarte…

Eso explicaba que llevara ropa de montar, que no se ponía casi nunca porque se había pasado toda su vida en despachos, molinos y almacenes y no era un buen jinete. Afortunadamente, había llegado antes de que se montara en un caballo.

—Estoy bien, papá. De verdad…

Lo tomó del brazo y lo llevó a su despacho, la única habitación del enorme vestíbulo que se parecía algo a su vieja casa de Glasgow. Como siempre, el imponente escritorio de caoba estaba lleno de documentos, contratos, plumas, tinteros y libros de cuentas porque aunque hubiese heredado un título y unas posesiones, seguía supervisando sus intereses comerciales en Glasgow. Parecía desordenado, pero nadie podía ordenarlo porque su padre decía que entonces no encontraba nada. Detrás del escritorio había estantes con libros de cuentas antiguos y un sillón raído. Ella llevaba años intentando convencerlo de que lo tapizara, pero él también se negaba porque decía que así era muy cómodo. El único adorno de la habitación era un busto de Shakespeare sobre la repisa de mármol negro de la chimenea y que había pertenecido a uno de los condes anteriores.

—Creo que no deberías montar sola a caballo por el campo. ¿Qué habría pasado si te hubieras roto algo? —preguntó su padre sentándose en el sofá, un poco menos raído.

—Te prometo que la próxima vez tendré más cuidado.

—Quizá debieras tener una montura más tranquila. Una yegua dócil y amable no te tiraría.

—Es posible… —concedió ella no queriendo importunarlo más.

—Además, de ahora en adelante tienes que ir con un mozo de cuadras.

A ella se le cayó el alma a los pies y se entrelazó las manos sobre el regazo. Disfrutaba al pasar un rato sola, lejos de la presencia constante del servicio. Suponía que las personas adineradas que se habían criado en esas circunstancias estarían acostumbradas, pero ella, no, todavía.

—Tienes que empezar a comportarte como una dama, Moira.

—Lo intentaré —replicó ella—. Todavía recuerdo muchas cosas.

Y tenía muchas limitaciones…

—Una categoría conlleva privilegios y obligaciones —le recordó su padre.

Moira lo sabía muy bien. Afortunadamente, muchas cosas que serían una obligación para algunos, no eran gravosas para ella.

—El edificio del colegio va muy bien, papá. Deberías ir a verlo. Ya he mandado los anuncios pidiendo un profesor.

Moira quiso dejar de hablar de la caída y de sus consecuencias y, sobre todo, quiso olvidarse de Gordon McHeath. Se prometió a sí misma que se mantendría alejada de los apuestos desconocidos aunque parecieran el sueño de una doncella, besaran como Casanova y aparecieran a su rescate como un héroe legendario.

Su padre, con expresión pensativa, rodeó el escritorio y revolvió unos papeles antes de volver a hablar.

—¿Te das cuenta, Moira, de que no todo el mundo en Dunbrachie está a favor de tu… iniciativa benéfica? —le preguntó su padre sin mirarla—. Hasta los padres de los niños que se beneficiarán temen que les llenes la cabeza con la ilusión de un porvenir que nunca alcanzarán.

—Eso es porque no se dan cuenta del valor de la educación —replicó ella sin vacilar—. Esperaba alguna oposición. Siempre la hay ante algo nuevo y distinto. Sin embargo, cuando comprendan las ventajas de saber leer y escribir y las oportunidades que eso ofrecerá a sus hijos, su oposición se desvanecerá.

–Eso espero –replicó su padre mirándola–. Eso espero sinceramente. Nunca me lo perdonaría si te pasara algo.

Ella sabía cuánto la amaba su padre y cuánto quería que fuese feliz. Un hombre más ambicioso o egoísta nunca se preocuparía tanto por ella ni intentaría mantener la promesa de no ser excesivamente absorbente ni se habría entristecido tanto cuando se enteró de las cosas que había hecho y cómo era el hombre con el que ella había accedido a casarse. Estaba segura de que tener que contárselo le había dolido casi tanto como a ella tener que oírlo.

–Nos cuidaremos mutuamente, papá –Moira se acercó para abrazarlo–. Siempre lo hemos hecho, en los momentos buenos y en los malos.

Ella, sin embargo, esperó con toda su alma que los malos momentos hubiesen acabado.

Capítulo 2

La residencia McStuart, construida en estilo palladiano, de granito y cubierta de pizarra, descansaba sobre una ladera que daba a Dunbrachie. La primera vez que fue Gordon, cuando tenía doce años, se quedó mudo ante su magnificencia y la legión de sirvientes. La última vez que estuvo, hacía cinco años, contó todas las ventanas y sumaron treinta y ocho, aparte de las puertas acristaladas que comunicaban la biblioteca y la sala con la terraza. Sin embargo, ese día, mientras se acercaba, Gordon no estaba pensando en los detalles arquitectónicos de la casa de Robbie, quien la heredó hacía tres años, cuando su padre murió. Tampoco estaba pensando en los nubarrones cada vez más oscuros. Estaba pensando en esa joven y en Robbie. No quería creer que, como supuso de entrada, el motivo de la furia de ella fuese un asunto amoroso que había salido mal e intentó encontrar otro motivo para su enojo.

Quizá hubiese habido alguna relación comercial entre las familias que hubiese fracasado. Robbie no era un hombre muy responsable ni muy hábil con las cuentas y era posible que alguna transacción o negocio hubiese salido mal.

También era posible que Robbie hubiese coqueteado con alguna hermana, prima o amiga y que ella estuviese celosa y enojada. Fuese cual fuese el motivo, decidió no contarle su encuentro a Robbie. No quería oír una ristra de explicaciones. Sobre todo, si él y esa atrevida joven habían tenido alguna relación amorosa. Quería descansar y olvidarse de Catriona.

Llegó al enorme pórtico de entrada cuando empezaba a llover, ató el caballo a la argolla de una de las columnas y subió apresuradamente los escalones hasta llegar a una puerta muy ancha con un tragaluz circular encima. La puerta se abrió y Gordon pudo ver a un mayordomo alto y serio que no conocía.

—El señor McHeath, supongo —le saludó el hombre mayor con un refinado acento inglés.

—Efectivamente —replicó Gordon mientras le daba el abrigo y el sombrero a un lacayo de librea.

—Sir Robert os espera en la sala.

Gordon asintió con la cabeza y se dirigió hacia la sala a través del imponente vestíbulo con las paredes rebosantes de cuernas de ciervos y carneros, lanzas, sables y corazas. Más allá de la sala y de la amplia escalera, había otras habitaciones, como la biblioteca, donde Robbie y él habían jugado a los soldados cuando eran pequeños, y una sala de billar que disfrutaron cuando fueron mayores. También había tres dormitorios en la planta principal y doce encima, además de los alojamientos del servicio en la planta superior. Todavía no sabía cuántas habitaciones podía haber en la planta inferior, donde se encontraban la cocina, la lavandería, la despensa, las bodegas, la sala del servicio, el comedor del servicio y todas las habitaciones necesarias para que la casa funcionara.

Cuando entró en la sala, vio a Robbie junto a la puerta acristalada que daba a la terraza. Llovía con fuerza y su amigo estaba mirando el jardín con la cabeza gacha, una mano apoyada en el marco de la puerta y la otra sujetando una copa de vino vacía. Era una actitud muy inusitada en Robbie y Gordon no supo si molestarlo. Echó una ojeada a la habitación y le pareció que no había cambiado nada desde la última vez que estuvo allí. Las paredes seguían empapeladas en ese tono ocre tan especial, los muebles dorados seguían cubiertos con el mismo terciopelo verde oscuro, los retratos de sus antepasados seguían colgados en los mismos sitios y los paisajes, también. Hasta los libros que había en las mesas auxiliares parecían los mismos que estaban allí hacía cinco años. No había una mota de polvo y, sin embargo, era como si el tiempo se hubiese detenido. Hasta que Robbie se dio la vuelta.

¿Qué le había pasado? Parecía como si hubiese envejecido diez años, y diez años muy arduos. Estaba pálido y demacrado y tenía ojeras debajo de sus ojos azules y enrojecidos. Siempre había estado delgado, pero esa vez estaba esquelético. Su pelo rubio, ondulado y tupido era lo único que seguía igual.

Gordon intentó no mirarlo fijamente y Robbie dejó la copa de vino en la mesa más cercana y se acercó a él con una sonrisa. Al menos, era la misma sonrisa alegre y encantadora.

—Gordo, viejo ratón de biblioteca —le saludó con una chispa de vitalidad—. Creía que no llegarías nunca. Aunque no debería haberlo dudado si me habías anunciado que vendrías, ¿verdad? Siempre tan fiable, ¿verdad, Gordo?

Él siempre había detestado que lo llamara así, pero estaba tan preocupado por su amigo que no se molestó.

–Me he topado con un pequeño problema antes de entrar en el pueblo –comentó él con despreocupación antes de mostrar cierta preocupación–. ¿Qué tal estás, Robbie?

–He estado un poco… indispuesto –reconoció su amigo mientras le estrechaba la mano–. Nada grave, así que deja de mirarme como si fueras un enterrador tomándome las medidas. Anoche bebí un poco demasiado de zumo de uva –añadió entre risas y apretándole la mano con fuerza.

Eso podría explicar su aspecto y Robbie, además, nunca había comido mucho, pero lo que le convenció de que no le pasaba nada grave fue su calurosa forma de estrecharle la mano.

–Vamos a beber algo, seguro que lo necesitas –siguió Robbie mientras se acercaba al mueble bar y servía dos vasos con un líquido ambarino–. Los caminos de por aquí pueden ser una tortura.

Aunque Gordon se temía que su amigo ya había bebido más de lo que podía sentarle bien, estaba cansado y sediento y aceptó el whisky.

–Gracias.

Robbie se lo bebió de un trago y sin dejar el vaso se dirigió con paso seguro hasta la chimenea tallada.

–Supongo que te sorprendería recibir mi invitación.

–Me encantó –replicó sinceramente Gordon.

Además, estaba encantado de tener un motivo para alejarse de Edimburgo durante una temporada.

–Bueno, confieso que mis motivos no fueron completamente desinteresados –reconoció Robbie mirando el vaso vacío–. He tenido algún problema, Gordo.

Esperaba que no fuese por una joven muy hermosa y tan apasionada que podía alterar a cualquier hombre.

−Entiendo. ¿Qué tipo de problema? −consiguió preguntar Gordon con calma.

Robbie le indicó el sofá que tenían más cerca.

−Siéntate y te lo contaré... ¿o prefieres comer algo antes? Tengo un cocinero nuevo, es francés. No entiendo la mitad de lo que dice, pero la comida es maravillosa.

También sería caro, pero los McStuart eran ricos desde la Revolución Gloriosa, cuando cambiaron ventajosamente de alianzas con la misma facilidad que se cambiaban de pantalones. Robbie solía decir que no era una herencia muy honorable, pero que había mantenido la solvencia de la familia desde entonces.

−No, gracias −replicó Gordon mientras se sentaba−. Prefiero que me lo cuentes.

Robbie se sirvió otro whisky mientras Gordon dio vueltas a su vaso medio lleno y esperó.

−Bueno, Gordo, supongo que tenía que acabar pasando.

Robbie suspiró y se apoyó en el mueble bar sujetando el vaso con la misma naturalidad que mostraba siempre, incluso cuando lo llamaban al despacho del tiránico director del colegio donde se conocieron.

−Por fin me han partido el corazón, viejo amigo −siguió Robbie−. Una mujer fría y cabezota me lo ha machacado, me lo ha hecho añicos.

Entonces, había sido un asunto amoroso que había salido mal. Aunque todavía era posible que la mujer que le había destrozado el corazón no llevara ropa de montar de terciopelo amarillo, Gordon deseó haber tomado otro camino y no haber tenido ese encuentro apasionado y desastroso.

−Sí, Gordo, es verdad. Me enamoré profunda y completamente. Creí que ella también me amaba y le pedí que se casara conmigo.

Eso sí que era asombroso. Robbie había declarado haber estado enamorado antes, muchas veces, en realidad, pero nunca había llegado a pedirle la mano a nadie, que él supiera. Entonces, ¿qué había pasado?

—Sí, estaba dispuesto a poner mi cuello bajo el yugo matrimonial y ella aceptó. Parecía encantada y lo anunciamos en un baile en casa de su padre.

—¿Su padre es…?

—El conde de Dunbrachie.

Gordon intentó disimular el inmenso alivio. El padre de ella era un fabricante o un comerciante que tenía almacenes, no un noble.

—Era un matrimonio muy aceptable para los dos, pero dos semanas después, me dijo que no podía casarse conmigo.

No le extrañó que Robbie pareciese agotado. Él también había pasado muchas noches durante los últimos meses dando vueltas y pensando en lo que sentía hacia Catriona McNare, qué había hecho y qué no había hecho, qué había dicho o qué debería haber dicho. Aunque nunca habría buscado consuelo en la botella, como temía que había hecho Robbie, podía comprender la tendencia a ahogar las penas y a buscar la compañía balsámica de un amigo.

—Lo siento mucho, Robbie.

—Sabía que podía contar con tu apoyo —dijo Robbie con una sonrisa—. Además, en cierto sentido, debería considerarme afortunado. ¿Sabes qué hacía su padre antes de heredar el título? Era comerciante de lanas. Un comerciante de lanas muy rico, pero comerciante al fin y al cabo.

Si el techo se hubiera caído sobre su cabeza, Gordon no se habría quedado más conmocionado. Un comerciante de lanas tendría almacenes...

—Tenía una relación muy lejana con el difunto conde —siguió Robbie sin mirar a su mudo amigo—. Fue una sorpresa para todos, yo entre ellos. Además, Moira puede ser excéntrica. Tiene la manía de querer educar a los pobres. Quiere construir un colegio para los niños de Dunbrachie, aunque no sé qué iban a hacer con esa educación. La mayoría de los hombres de Dunbrachie tampoco quieren un colegio.

Si era la misma mujer, ¿por qué había roto el compromiso? Gordon se aferraba a la menguante esperanza de que estuviera sacando una conclusión precipitada y equivocada. Robbie podía ser impulsivo y no le gustaba hacer planes, pero era apuesto, rico, noble, leal y buena persona.

—Me habría disgustado que lo hubiese rechazado cuando se lo pedí, pero creo que me habría repuesto enseguida. No en vano, hay muchas mujeres atractivas, ricas y nobles que agradecerían mis atenciones.

Fuera quien fuese esa mujer, podía entender la amargura de Robbie. Sin embargo, su tono traslucía una arrogancia que no le permitía sentir compasión por él. Por otro lado, ¿no habría parecido él amargado y a la defensiva si alguien le hubiese preguntado qué lo atormentaba últimamente?

Robbie fue hasta las puertas acristaladas, se dio media vuelta e hizo un gesto con la mano que sujetaba el vaso vacío.

—¿Quién se cree Moira MacMurdaugh que es como para pensar que puede dejar en ridículo a sir Robert McStuart? Ella es la necia si cree que voy a dejar que me humille. Por eso necesito tu ayuda, Gordo –Robbie se puso muy recto con un brillo triunfal en los ojos irritados–. Quiero demandar a la señorita Moira MacMurdaugh por incumplimiento de una promesa.

–¿Quieres demandarla por haber incumplido una promesa? –repitió Gordon.

–Efectivamente.

Gordon hizo un esfuerzo para olvidarse de si esa mujer era la que le había besado o no y para pensar como un abogado. Robbie, evidentemente, no había pensado en las consecuencias de iniciar una acción legal que solía ser propia de las mujeres.

–Entiendo que estés molesto, pero…

–¿Molesto? No estoy molesto –Robbie dejó el vaso con tanta fuerza en una mesa que Gordon creyó que iba a romperse–. Solo quiero que entienda que no puede ir por ahí aceptando propuestas de matrimonio y rechazándolas cuando le apetece. ¿No crees que tengo fundamento jurídico?

Las cosas estaban complicándose. Robbie podía tener fundamento jurídico, pero había que tener en cuenta otras repercusiones.

–Si el anunció ha sido público, tienes algún fundamento. Sin embargo, deberías pensar en algo antes. Dunbrachie es un pueblo pequeño, pero este tipo de iniciativas legales suelen llegar a círculos más amplios y, seguramente, a la prensa, al menos, en Escocia. Tu… –Gordon hizo una pausa para evitar la palabra «humillación»–… tus asuntos personales podrían convertirse en motivo de cotilleo, aparecer en los periódicos y estar en boca de desconocidos. ¿No sería preferible olvidarse de lo que ha pasado? Al fin y al cabo, como has dicho, siempre habrá mujeres deseosas de que les pres-

tes atención. Estoy seguro de que volverás a encontrar
el amor.

Gordon dijo esto último como un deseo para él mismo, un deseo que, súbitamente, era más posible desde
que había visto a una mujer atrapada en lo alto de un árbol.

—No lo entiendes, Gordo —Robbie se dejó caer en el
sofá—. No lo hago solo por mí mismo, lo hago por todos
los pobres desdichados a los que ella puede romper el
corazón —Robbie lo miró fijamente de soslayo—. Si yo
fuera una mujer en estas circunstancias, aceptarías el
caso, ¿verdad?

—Es posible —contestó Gordon sin saber muy bien
qué haría—. ¿Qué motivo te dio para romper el compromiso? Supongo que tendría un motivo.

—Dijo que no me amaba —contestó Robbie como si
eso fuese una afrenta y algo increíble.

—Entonces, es posible que haya sido para bien.

Eso era lo mismo que llevaba repitiéndose a sí mismo desde que conoció al prometido de Catriona McNare.

Robbie frunció el ceño y puso el gesto de obstinación que Gordon conocía tan bien.

—Dijo que nunca podría amar a un hombre como yo.

¿A un hombre como Robbie que era apuesto, encantador y buen amigo?

—¿Puede saberse qué quería decir?

Robbie se levantó de un salto y fue hasta la ventana.

—Quiere decir que no entiende cómo vive la clase
alta. No he cometido ningún delito. No he hecho nada
que no haya hecho antes cualquier noble de Escocia, Inglaterra y, desde luego, Francia. Afirma ser una dama,
pero rompe un compromiso por una nadería.

Si él había hecho algo para que ella cambiara de opinión, eso cambiaba las cosas.

–Creo que deberías decirme qué es exactamente una «nadería».

Robbie no contestó inmediatamente. Primero se sirvió otro whisky y Gordon se preguntó si beber tanto era esa nadería y si lo era, no era tal nadería. Ninguna mujer en su sano juicio quería un marido bebedor.

–Si quieres que sea tu abogado en este asunto, Robbie, tengo que saber todos los datos.

Gordon empezó a arrepentirse un poco de haber aceptado la invitación de Robbie. Había pensado que lo había invitado porque hacía mucho tiempo que no se veían, no porque necesitara consejo legal y, además, podía verse metido en un asunto que prefería eludir.

Robbie se bebió el whisky y cuando volvió a mirar a Gordon, le pareció más consternado, como si decir la verdad fuera un dolor físico. Aun así, esbozó su sonrisa alegre y encantadora, aunque a Gordon le pareció la sonrisa de una calavera.

–No hace falta que te pongas serio, Gordo. Solo fue un desliz con una doncella, una de esas cosas que pasan todo el rato.

Tendría que habérselo imaginado. Robbie siempre había sido «fogoso», como lo llamó el director de su colegio cuando lo descubrieron con una de las doncellas. Efectivamente, había sido famoso por sus aventuras y también fue la envidia de todos los muchachos del colegio. Sin embargo, ahora estaban en un mundo de hombres. Podía imaginarse fácilmente, y comprender, el desengaño de una futura esposa al enterarse de que su futuro marido había dado rienda suelta a su fogosidad con una empleada.

–¿Le dijiste que le serías fiel cuando te casases?

Robbie lo miró como si le hubiese preguntado si pensaba dejar de beber y comer.

–No. ¿Por qué iba a haberlo hecho?

–Porque ibas a prometerlo cuando te casaras.

–Gordo… No me digas que con tu profesión eres tan ingenuo de pensar que alguien va a ser fiel a su esposa.

–He conocido a algunos que lo son –replicó Gordon acordándose de algunos clientes.

Robbie se dejó caer en una butaca al lado del sofá y frunció el ceño como un niño engreído.

–Algunas veces me olvido de que…

Robbie se quedó en silencio y se quitó un hilillo de la solapa con esos dedos tan esbeltos que no habían trabajado un solo día en su vida.

–¿De que no soy de tu clase? –terminó Gordon la frase.

Su amigo se sonrojó y lo miró con abatimiento y el primer gesto sincero de remordimiento.

–Perdóname, Gordon –Robbie extendió las manos con un gesto de rendición–. Seré completamente sincero contigo. Sí, tonteé con una de las doncellas, pero nunca pensé que eso pudiera importarle a una prometida ni a una esposa. Quiero decir, estuviste conmigo en el colegio. Oíste lo que decían los niños de las amantes de sus padres y hermanos. Es algo aceptado en nuestro mundo… o, al menos, perdonado. Al fin y al cabo, solo era una doncella. No estaba manteniendo a una amante en casa. Además, la despedí en cuanto Moira se enteró.

Si bien Gordon sabía que muchos hombres ricos o nobles trataban a las mujeres como si fuesen juguetes que podían usar o desechar a voluntad, no estaba de acuerdo con esa conducta. Además, si Robbie creía que por contarle que había despedido a la doncella iba a ganarse su comprensión, estaba más equivocado todavía. Gordon había ayudado a muchas sirvientas seducidas y despedidas por sus patrones y los había demandado para que, al menos, les pagaran el salario no abonado.

A pesar de sus esfuerzos por disimular sus sentimientos, su rostro debió de delatarlo porque Robbie intentó defenderse.

—Te aseguro que la doncella también quería, lo quería mucho. Es más, creo que ella me sedujo a mí.

Gordon también había oído muchas veces la misma excusa.

—Eras su patrón, Robbie. Pudo creer que no podía oponerse.

—¡Claro que podía! —exclamó Robbie levantándose bruscamente—. No soy un monstruo desalmado.

No, no lo era, sin embargo…

—Además, fui lo bastante sincero con Moira como para no hacerle una promesa que no iba a cumplir. Sin embargo, ¿lo agradeció ella? No, me miró como si hubiera cometido un asesinato.

Robbie se pasó la mano por el pelo antes de dirigirse hacia el mueble bar.

—Quizá, si no hubiese estado tan enfadada… —Robbie agarró la frasca y sacudió la cabeza—. No sé qué habría hecho yo si ella hubiese estado más tranquila.

Se dirigió a la chimenea sin haberse servido otra bebida, agarró el atizador y removió con fuerza las brasas.

—Es posible que debieras estar agradecido en vez de demandarla —replicó Gordon sin alterarse—. Si te hubieras casado y la hubieses engañado y ella se hubiese enterado…

–Habríamos estado casados y ella no habría podido hacer nada. Habría aprendido a aceptar que es el privilegio de un noble, como hicieron mi madre y la madre de mi madre.

A Gordon no le gustó lo que estaba oyendo. Le pareció una arrogancia bestial, un egoísmo increíble, una falta de consideración absoluta hacia los sentimientos de los demás, la actitud que lo había llevado a buscar la justicia para los más débiles, para los engañados y maltratados que tenían muy pocos derechos según la ley, sobre todo, para las mujeres.

Se levantó y se acercó a su amigo para verle mejor la cara e interpretar su expresión porque muchas veces los ojos decían lo que no expresaban las palabras. Como los ojos de cierta joven expresaron deseo antes de que los dos se besaran.

–¿Qué te parecería que tu esposa tuviese un amante? ¿Dirías que es lo que hacen las personas de tu clase?

Robbie apretó las mandíbulas un instante antes de contestar.

–Naturalmente. Mi esposa podría tener todos los amantes que quisiera siempre que yo tuviera un heredero y… mi alivio.

Robbie volvió a cruzar la habitación hasta el mueble bar y se dio la vuelta para mirar a su amigo.

–Evidentemente, debería haberos mentido a ti y a ella. Debería haber dicho que iba a ser fiel, que nunca miraría siquiera a otra mujer. Sin embargo, no lo hice. Por eso, si prefieres no representarme en este asunto, buscaré otro abogado que lo haga. Gordo, voy a demandar a Moira MacMurdaugh por incumplir nuestro compromiso.

Gordon lo miró detenidamente. Si bien Robbie nunca había mencionado lo que pasó en el colegio, Gordon no podía olvidarse de la deuda que había contraído con él. ¿Y si, efectivamente, era la misma mujer a la que había rescatado de un árbol y había besado? Aun así, le debía su profesión a Robbie.

—Claro que te representaré, Robbie.

Capítulo 3

Tres días más tarde, Moira se inclinó sobre la mesa de la biblioteca para estudiar los planos del colegio y las anotaciones del constructor. Quería estar completamente segura de que tenía razón antes de dirigirse al próspero hombre mayor que tenía delante con los pulgares metidos en los bolsillos del chaleco. Estaba segura, pero había tratado con comerciantes durante mucho tiempo y no quería empezar con una acusación directa. Eso solo llevaría al enfrentamiento, a las negativas y, al final, a la afirmación de que no podía esperarse que una mujer entendiera una operación así ni las cuentas que conllevaba.

—Señor Stamford, tengo que reconocer que vuestros cálculos me parecen algo… excesivos.

El orondo hombre se limitó a sonreír con condescendencia.

—Es posible, milady, que debamos esperar a que vuestro padre regrese de Glasgow. Vuelve hoy, ¿verdad?

—Efectivamente —contestó ella con le esperanza de que no se hubiera encontrado con alguno de sus amigotes–. No obstante, el colegio es responsabilidad mía, no suya.

Esa afirmación no pareció importarle gran cosa al constructor, quien siguió dirigiéndose a ella como si fuese una niña grande e incapaz de entender una suma y una multiplicación.

–Estoy seguro de que vuestro padre, como un hombre de negocios que ha sido, podrá entender mejor las cifras que una joven. No debéis llenar vuestra preciosa cabeza con cosas tan farragosas como medidas, estructuras, metros cuadrados y materiales.

–Es posible, señor Stamford, que no entendáis que soy hija de un hombre de negocios y que, además, he llevado las cuentas de su casa durante diez años, desde que mi madre falleció, que puedo calcular los costes y los resultados –replicó Moira dispuesta a no dejarse embaucar con sus halagos–. También he trabajado mucho en esta casa y sé muy bien lo que cuesta reformar un edificio. Me parece que vuestro cálculo del precio de los materiales y de la mano de obra es excesivo. Vais a construir un colegio, no una residencia campestre.

El hombre dejó escapar un resoplido.

–No tengo intención de contradeciros, pero si alguien quiere emplear los mejores materiales, como me pareció entenderos, tiene que pagar en consecuencia.

–Quiero los mejores para un colegio de pueblo –aclaró ella–. Vuestros precios parecen indicar que estáis empleando piedra y madera más propias de una catedral. Hace poco panelamos las paredes del comedor de esta casa con caoba traída especialmente desde Jamaica, señor Stamford, y el precio fue inferior que el del roble de las vigas de la clase principal del colegio. No entiendo cómo es posible, a no ser que el roble esté forrado de oro.

El rostro del constructor se puso amoratado como la lombarda. Agarró los planos y empezó a enrollarlos con cierta violencia.

–¡Si no os gustan los planos o el presupuesto, milady, podéis contratar a otro hombre!

–Tendré que hacerlo si no podéis darme un presupuesto más aceptable –replicó Moira sin inmutarse–. Aunque me espantaría pensar que habéis trabajado tanto en balde.

–¿En balde? –exclamó el hombre–. ¡Espero que se me pague por el tiempo y esfuerzo que ya...!

–Naturalmente –le interrumpió ella con delicadeza–. Sería una lástima que este encargo terminara prematuramente.

–¿Cómo el compromiso de algunas mujeres? –preguntó él.

Moira consiguió dominar la furia que se adueñaba de ella. Quiso despedirlo en ese instante, pero eso supondría un retraso que seguramente disgustaría a su padre y quería evitar eso para que no se viera tentando a incumplir su promesa de financiar el colegio.

–También sería una desdicha que no pudierais presumir de trabajar para la hija del conde de Dunbrachie, como creo que ya habéis hecho.

Al menos, eso le había contado el mayordomo, a quien se lo había comentado un lacayo que la noche anterior había estado en la taberna del pueblo.

La mirada del hombre vaciló y volvió a extender los planos sobre la mesa.

–Bueno, claro, es posible que me haya precipitado un poco, milady –dijo él en tono conciliador–. Soy un poco temperamental. Me imagino que podemos emplear menos roble y más pino y es posible que no tenga que comprar tanta pizarra para la cubierta.

A pesar del cambio de actitud y de su alivio porque las cosas podrían salir según lo previsto, había algo que ella quería dejar muy claro.

—No quiero recortes en nada esencial. Quiero que el edificio sea sólido y seguro.

—El colegio se construirá tan bien que seguirá en pie dentro de cien años.

—Fantástico, señor Stamford. Además, si veo unas cifras más sensatas, no tendré que comentarle a mi padre nuestras diferencias de opinión. Os deseo un buen día. A finales de la semana me pasaré para comprobar cómo avanza el colegio.

—Muy bien, milady. Adiós, milady, estoy seguro de que encontraré la manera de economizar, milady.

Dicho eso, salió de la habitación como si le faltara tiempo para hacerlo, lo cual, probablemente, era lo que le pasaba. Ella se sintió igual de aliviada. Sabía muy bien que la ruptura de su compromiso con sir Robert McStuart era de dominio público, pero, aun así, era fastidioso que se lo dijeran a la cara.

Más fastidioso todavía era que Gordon McHeath seguramente ya lo supiera y por boca del propio Robbie McStuart, pensó ella mientras iba de un lado a otro de la habitación pasando los dedos por los lomos de los libros que tanto la apasionaron cuando llegó allí. Su exprometido habría presentado lo que pasó entre ellos restando importancia a lo que él hizo y describiéndola como una provinciana intolerante y nada sofisticada.

Ojalá pudiese seguir igual de indignada y furiosa que cuando se enteró de que el hombre que la rescató era amigo de Robbie McStuart. Desgraciadamente, había pasado el tiempo y ya pensaba menos en su relación con Robbie y más en la pasión que había sentido en los brazos de su amigo, en las ganas de que su abrazo no acabase nunca. Recordaba la sonrisa de Gordon McHeath, su gentileza y cuando lo vio bajar la ladera como un caballero andante. Más vívidamente todavía, recordaba la avidez por besarlo que no pudo reprimir, la reacción apasionada de él, la sensación de sus brazos alrededor de ella y sus labios voraces, expectantes…

–Disculpadme, milady –dijo el mayordomo desde la puerta–. Un caballero desea veros –le presentó una bandeja de plata con una tarjeta–. Dice que es por un asunto legal, milady.

¿Un asunto legal…?

–¿Le has dicho que el conde no está en casa?

–Sí. Él dice que es un asunto que no incumbe al conde, milady. Es un asunto con vos.

Quizá tuviese algo que ver con el colegio, aunque no podía imaginarse qué. Fue hasta la puerta, tomó la tarjeta, la miró y se quedó boquiabierta. *Gordon McHeath. Abogado. Edimburgo.* ¿El amigo de Robbie McStuart era abogado? ¿Qué podía querer de ella? No podía ser por el beso… No habían infringido ninguna ley, que ella supiera. Quizá tuviese algo que ver con el perro que la acosó.

–Que pase, por favor.

Se alisó la falda, se pasó un mechón por detrás de la oreja dispuesta a que la conversación fuese estrictamente formal y se sentó en una butaca tapizada de damasco color esmeralda que había junto a la chimenea.

El señor McHeath entró. No llevaba el abrigo ni el sombrero, pero, por lo demás, iba vestido casi igual, hasta las botas de montar. Sin el sombrero, se podían ver las ondulaciones de su pelo color caoba y era tan apuesto y atlético como recordaba.

Él vaciló y una fugaz expresión en su rostro hizo que ella pensara que iba a marcharse tan repentinamente como había llegado. No se marchó. Se sonrojó levemente, como supuso que se habría sonrojado ella, y avanzó con una expresión muy seria.

Ella hizo un esfuerzo para mantener la calma y cierta distancia y, sobre todo, para olvidarse de que lo había besado.

–Señor McHeath… ¿Cuál es ese asunto legal que os trae por aquí?

Él miró alrededor y fijó la mirada un instante en la mesa donde todavía estaban los planos. Entonces, se detuvo y sacó un documento del bolsillo de su chaqueta azul marino.

–He venido en representación de sir Robert McStuart por vuestra ruptura del compromiso de matrimonio –contestó él en un tono tan protocolario como el que había empleado ella–. Va a demandaros por incumplimiento de una promesa.

Moira lo miró fijamente sin poder dar crédito a lo que había oído.

–¿Incumplimiento de…? ¿Demandarme…?

–Efectivamente –McHeath respiró profundamente–. Pedirá daños y perjuicios por valor de cinco mil libras.

Moira se levantó de un salto.

–¡No me lo creo! ¿Cinco mil libras? ¿Cinco mil libras?

–Es una cantidad considerable, efectivamente, pero debéis daros cuenta del perjuicio que ha sufrido su reputación por vuestro cambio de opinión. Cree que tiene que ser compensado adecuadamente.

–¿Su reputación? –repitió ella cerrando los puños y temblando por la indignación–. ¿Cuál reputación es esa que le parece tan valiosa? ¿Qué pasa con la mía? ¿No creéis que la mía ha sufrido tanto como la suya si no más?

El abogado pareció no inmutarse lo más mínimo.

–Entonces, milady, es posible que lo mejor fuera que ofrecierais un cantidad para zanjar el asunto antes de que llegue a un juez.

–¿Queréis que le pague una compensación? ¿Estáis loco? –preguntó ella con tanto asombro como enojo–. No pienso dar ni un penique a ese libertino. Si alguien tiene la culpa de lo sucedido, es él. ¿No os ha contado por qué rompí el compromiso?

–Me contó que le dijisteis que ya no lo amabais –contestó el abogado tan recto como si estuviese en posición de firmes–. Dijo que os enfadasteis porque tuvo un desliz con una doncella y porque no quiso garantizaros que sería fiel en el futuro.

–¿Un desliz? ¿Solo uno?

Un destello de vida brilló en los ojos de Gordon McHeath por fin. Desgraciadamente, el cambio duró solo un instante antes de que él recuperara su gesto inexpresivo.

–Sí, solo uno.

–Que yo sepa, aparte de la doncella de la residencia McStuart, hubo tres chicas en la fábrica de tejidos de su familia y la fregona de la casa de Edimburgo. Puede haber más. También bebe, señor McHeath. Bebe demasiado. Consiguió ocultármelo durante algún tiempo, pero, afortunadamente, no tanto como para que me casara. Hace mucho que me prometí que nunca me casaría con un bebedor.

McHeath se miró la punta de las botas y ella no pudo ver su cara. Cuando él levantó la mirada otra vez, su expresión volvió a ser impasible, como si no se conocieran y mucho menos se hubieran besado. Ella no podía creerse que fuese el mismo hombre que había acudido tan caballerosamente a rescatarla y que la había besado con una pasión tan ardiente.

–Milady, vos teníais la obligación de conocer al hombre que os había pedido matrimonio antes de aceptarlo. Al parecer, no lo hicisteis. Podríais haber pedido más tiempo para pensarlo. No lo hicisteis. También dijisteis que no lo amabais. Esto indica que no solo sentisteis indignación moral cuando os enterasteis de sus aventuras, también sufristeis una revelación en lo relativo a la profundidad de vuestros sentimientos. Eso es algo que mi amigo no puede controlar en absoluto. Vos sois la única responsable de eso y, por lo tanto, sir Robert tiene fundamento para su reclamación. Además, lo que es más importante desde el punto de vista legal, formalizasteis un contrato verbal al anunciarlo públicamente e incumplisteis dicho contrato.

–Santo cielo… –susurró ella asombrada por su implacable réplica y retrocediendo como si la apuntara con una pistola–. Lo decís completamente en serio.

–Os aseguro, milady, que nunca bromearía con un litigio legal.

Ella se lo creyó sin dudarlo. Más aún, en ese momento creyó que nunca había bromeado sobre nada. Sin embargo, era el hombre que la había salvado de ese perro y tenía que poder sentir alguna comprensión por sus sentimientos y por la decisión que había tomado.

–Fuera lo que fuese lo que pensé que sentía, me di cuenta de que era equivocado y actué en consecuencia.

¿De verdad creéis que tenía que casarme con un hombre al que ya no quería y al que no podría respetar? ¿De verdad creéis que yo, o cualquier mujer, tendría que atarme a ese hombre en esas circunstancias?

El abogado tuvo la decencia de sonrojarse mientras la miraba fijamente a los ojos.

—No, pero os recuerdo otra vez, milady, que, fueran cuales fuesen los defectos de sir Robert, deberíais haberlos descubierto antes de aceptar su petición.

¿Ese hombre estaba hecho de mármol? ¿No tenía corazón?

—Un juez se pondría de mi lado y concedería que hice bien al romper el compromiso.

—Los jueces son hombres, milady, y, seguramente, estaría de acuerdo en que sir Robert merece una compensación.

Desgraciadamente, no le faltaba razón. Los hombres hacían las leyes y las interpretaban. Sin embargo, ¿qué opinaba Gordon McHeath, quien le había parecido tan amable y caballeroso?

—¿Vos perdonáis su comportamiento, señor McHeath?

Él no apartó la mirada.

—¿Perdonarlo? No, en absoluto. Sin embargo, a mí no me criaron unos padres que creían que ciertas costumbres sociales no se les aplicaban a ellos por su nacimiento y posición.

—Entonces, aunque no estéis de acuerdo con él, ¿vais a defenderlo?

—Lo represento.

Ella sintió una náusea al caer en la cuenta de otro motivo por el que podía pensar que un juez se pondría del lado de Robbie.

—¿Le habéis dicho que nos besamos?

Aunque el señor McHeath siguió mirándola imperturbablemente, sus mejillas se sonrojaron un poco más.

–No vi ningún motivo para comentar esa situación concreta con sir Robert, ni con nadie más. Espero que vos hayáis sido igual de discreta. No nos beneficia a ninguno de los dos.

A ella se le aceleró el corazón otra vez porque a pesar de su explicación para ser discreto, tenía la sensación de que no estaba tan arrepentido ni avergonzado como afirmaba estar. Como tampoco lo estaba ella, se dio cuenta en ese momento. Lo presionó un poco más para ver si tenía razón.

–Le vendría bien a vuestra demanda, ¿verdad?

–No me pareció necesario ofrecer más pruebas porque había esperado que fueseis juiciosa y que ofrecerías una cantidad para que no hubiera juicio.

A pesar de que lo había dicho con serenidad, ella se acercó un poco para poder mirarlo bien a los ojos y captar su verdadera reacción.

–Como sir Robert parece decir solo lo que le conviene, ¿sabíais que cinco mil libras iba a ser la cantidad de mi dote?

No lo sabía y ella, efectivamente, captó la sorpresa que él intentó disimular.

–Evidentemente, quiere la dote que no recibió –añadió ella.

El señor McHeath se repuso enseguida de la sorpresa.

–Sea cual sea el motivo, es la cantidad que considera adecuada como compensación.

–Yo considero que no tiene derecho a nada y nada de lo que digáis va a hacer que cambie de opinión.

–Muy bien, milady –el señor McHeath inclinó la cabeza–. Puesto que al parecer no podemos llegar a un acuerdo, os deseo un buen día.

Ella no debería lamentar que él hubiese dicho eso, no debería lamentar que se marchase. Al fin y al cabo, casi ni lo conocía y estaba al servicio de Robbie.

–Decidle también a sir Robert que no lamento ni lamentaré nunca haber roto nuestro compromiso. Además, esta actuación mezquina y vengativa me convence más todavía de que hice lo acertado –Moira se dirigió a la chimenea y tiró del cordón de la campanilla–. Buenos días, señor McHeath. Walters os acompañará hasta la puerta.

Cuando Gordon llegó a la residencia McStuart, fue inmediatamente a buscar a su anfitrión aunque cada paso suponía un esfuerzo inmenso. No le apetecía tener que relatar la reacción de lady Moira, como tampoco le había apetecido tener que enfrentarse a ella. Estuvo muy tentado de marcharse sin decirle el motivo de su visita cuando comprobó que era la mujer a la que había ayudado y besado, pero la gratitud y la obligación le exigieron que hiciera lo que le habían pedido que hiciera. En ese momento, Robbie querría saber qué había pasado.

Habría sido mejor para los dos implicados que cada uno hubiese seguido su camino y que todo hubiese quedado en el pasado. Desgraciadamente, Robbie estaba decidido a acudir a un tribunal para que le compensara el orgullo herido. Más desgraciadamente todavía, lady Moira no era la única mujer de Dunbrachie que se había comprometido con un hombre sin conocerlo bien. Debería haber sido más cauteloso antes de aceptar representar a Robbie en un asunto legal, sobre todo, después de comprobar cuánto bebía.

Acabó encontrando a Robbie en la última habitación donde se le ocurrió mirar: en la biblioteca. Esa biblioteca, al revés que la del conde, tenía un aire de abandono decrépito y muchos de los tomos no eran libros de verdad siquiera. En realidad, Gordon estaba seguro de que ni Robbie ni su padre habían leído un solo libro desde que terminaron el colegio. Las cortinas oscuras acentuaban la sensación de decadencia y los retratos parecían de personas con una indigestión crónica. Lo único que la salvaba, y quizá fuese eso lo que le gustaba a Robbie, eran los ventanales que daban a la terraza. Quizá también fuese por lo apartada que estaba de otras habitaciones y lo silenciosa que era.

Robbie, naturalmente, no estaba leyendo un libro. Ni siquiera estaba despierto. Estaba tumbado de espaldas en uno de los sofás tapizados con seda raída con el brazo derecho por encima de la cara y el izquierdo cruzándole el pecho. En el suelo, a su lado, había una botella de oporto vacía.

Capítulo 4

Gordon suspiró y se apoyó en uno de los estantes. Pensara lo que pensase Robbie, lady Moira hizo bien en recelar de casarse con un hombre que bebía tanto. En su profesión había visto muchos matrimonios destrozados y muchas familias arruinadas por culpa de la bebida.

Robbie abrió sus ojos azules.

–¡Gordo! ¡Has vuelto! –exclamó mientras se sentaba–. ¿Por qué no me has despertado?

–Acabo de llegar –contestó él mientras se sentaba en una butaca y señalaba la botella con la cabeza–. ¿No es un poco pronto?

Robbie suspiró y se frotó las sienes mientras se inclinaba hacia delante.

–Me dolía la cabeza y bebí un poco como terapia curativa.

–¿Un poco?

–Sí, lo justo para quedarme dormido.

–Es posible que la cabeza te doliera porque anoche bebiste demasiado –aventuró Gordon intentando decirlo en un tono neutro.

–No eres mi niñera –replicó Robbie con el ceño fruncido.

–No, soy tu amigo y me preocupo por ti.

Robbie volvió a tumbarse y apoyó la cabeza en el brazo del sofá.

–Si bebo un poco más de lo habitual es porque es la única manera de que pueda dormir casi todas las noches.

Gordon se preguntó cuál sería la cantidad «habitual» que bebía al día, pero decidió que daba igual. Lo que importaba era el estado de salud de Robbie, que no era bueno ni mucho menos. Seguía demasiado delgado y pálido, además de tener ojeras y los ojos enrojecidos.

–A lo mejor deberíamos llamar al médico.

Robbie negó con la cabeza y cerró los ojos.

–Nada de médicos. Lo que me desquicia es el asunto con Moira. Estaré bien cuando haya terminado.

–Es posible que si fuéramos a montar a caballo o a pasear por el monte, dormirías mejor.

Robbie giró la cabeza para mirar por el ventanal.

–Hoy, no –replicó con un suspiro cansino–. Va a llover.

Desgraciadamente, tenía razón. El cielo estaba plomizo y anunciaba lluvia para antes de que terminara la tarde. Entonces, Robbie pareció recordar dónde había estado Gordon.

–¿Qué ha pasado? –le preguntó mientras se sentaba–. ¿Qué dijo mi exprometida cuando le dijiste que ibas demandarla por incumplir su promesa?

Gordon no quiso acalorar más la situación y eligió cuidadosamente las palabras.

–Naturalmente, se alteró.

Eso era verdad, pero no en el sentido que Robbie pareció darle a sus palabras a juzgar por el brillo de sus ojos.

—¡Como tenía que ser! ¿Quiso evitar acudir a un tribunal?

Gordon había intentado convencer a Robbie para que no pidiera una cantidad tan desorbitada por daños y perjuicios y conseguir una cantidad menor para ahorrar tiempo y costes. Robbie acabó aceptando después de muchos esfuerzos.

—No, no lo hizo —contestó Gordon.

Robbie se puso serio, pero solo durante un instante.

—Entonces, tendrá que pagarlo todo cuando ganemos… y las costas.

Robbie siempre había tenido confianza en sí mismo y nada de lo que había pasado había cambiado eso.

—Ella cree que no va a perder.

—¡Ja! —exclamó Robbie mientras se levantaba y daba una patada a la botella sin querer—. Claro que perderá. Todo el mundo sabe que estábamos prometidos. Todo el mundo sabe que ella se echó atrás. ¿Cómo lo planteaste? Ah, sí, que había incumplido un contrato verbal. Además, tengo el mejor abogado de Escocia e Inglaterra.

—Te agradezco los halagos, Robbie, pero ella cree que dado tu comportamiento tan poco ejemplar, un juez la compadecerá.

Robbie se rio, pero no con la alegría de siempre. Fue una risa áspera, fría y desagradable.

—Una mujer juez podría ponerse de su lado, pero como no hay mujeres jueces ni las habrá nunca, yo ganaré y Moira tendrá que pagar. Entonces yo…

No terminó y se acercó a un estante con libros, sacó uno hasta la mitad y apareció otro mueble bar. Aunque a Gordon le pareció que no debería beber más, eso no fue lo que más le preocupó.

–Entonces, ¿tú…?

–Entonces acabaré con ella de una vez para siempre.

Había algo más o Robbie no la demandaría, la dejaría en paz. Sin embargo, parecía desesperado.

–¡Necesitas el dinero! –exclamó Gordon al caer en la cuenta del motivo.

–No es eso exactamente –replicó Robbie mientras se servía un poco de whisky.

¿Tenía alcohol escondido por todos los rincones de la casa? ¿Se gastaba todo el dinero en eso? Sin embargo, los McStuart habían sido ricos desde hacía muchas generaciones y no era posible que un hombre se bebiera ese patrimonio.

–El dinero me vendrá bien, nada más –añadió Robbie–. Tengo algunas deudas que me gustaría saldar cuanto antes. Además, es una cuestión de principios. Incumplió un contrato y tiene que pagar por ello –concluyó antes de terminarse el whisky de un sorbo y servirse más.

–¿Por eso querías casarte con ella? ¿Porque su padre es rico? –preguntó Gordon con la esperanza de que no fuese verdad.

–¡Claro que no! –replicó Robbie en un tono que pareció de sincera indignación, para alivio de Gordon–. ¡La amaba! Ya viste lo guapa que es. Es preciosa, ¿verdad?

–Sí, es muy guapa.

Además, era decidida, valiente, apasionada, deseable…

–¿Quién no se enamoraría de alguien así? Bueno, es posible que tú.

Robbie lo señaló con el vaso y derramó un tercio del líquido. Robbie ni se inmutó aunque la alfombra debía de ser carísima.

—Creo que eres demasiado serio y estudioso para enamorarte —siguió Robbie—. El disparate de Eros no está hecho para Gordo, ¿verdad?

Gordon no estuvo de acuerdo aunque tampoco lo dijera. Había estado enamorado, o creyó haberlo estado, y sabía exactamente de lo que estaba hablando Robbie.

—Pero yo estaba enamorado —siguió Robbie señalándose teatralmente el pecho con el vaso.

Esa declaración podría haber engañado a alguien que no conociera a Robbie, pero Gordon lo conocía y detrás de esas palabras ampulosas y esos gestos exagerados solo veía deseo… y no por Moira o su amor, sino por el dinero. Además, un deseo apremiante.

—Que su padre fuese rico y pudiera ayudarme con algunos reveses económicos que he sufrido últimamente solo fue algo añadido —comentó Robbie en voz baja como si quisiera corroborar lo que su amigo había pensado.

Gordon sintió decepción, asco, tristeza y algo más. Algo que era como… una liberación.

De repente, Robbie tiró el vaso a la chimenea y lo destrozó en mil pedazos.

—¡No me mires así, Gordo! ¡Tú, no! Bastante malo fue que ella me mirara como si fuese un gusano u otra criatura despreciable. Tú eres un hombre y un abogado y deberías entender que, algunas veces, los hombres tenemos que tomar decisiones racionales, incluso con el matrimonio. Sobre todo con el matrimonio y si tienes un título. No podemos permitirnos el lujo de casarnos solo por amor.

Otra vez la excusa de que la clase alta tenía reglas distintas, necesidades distintas y elecciones distintas. No eran mejores, solo distintas.

–Puedo entender que tengas en cuenta la cuestión económica cuando te cases, Robbie, pero no entiendo que un hombre tan tico como tú necesite conseguir más dinero por esos métodos.

Los hombros de Robbie se hundieron y se dejó caer en el sofá con un suspiro largo y cansino.

–Entonces, te lo explicaré –dijo sin asomo de orgullo o vanidad, más parecido al Robbie que Gordon recordaba–. No soy rico. Hace años que mi familia no es rica y estoy hundido en las deudas hasta el cuello.

–Pero tu familia… Esta casa… ¿Cómo es posible? –preguntó Gordon sin poder creérselo.

–Me gasté buena parte de la fortuna familiar durante mi juventud porque yo, como tú y todo el mundo, creía que mi familia tenía mucho dinero. Entonces, mi padre murió y comprobé que había perdido casi toda la fortuna familiar en el juego y en inversiones destinadas al fracaso. Evidentemente, no tenía cabeza para los negocios y podían convencerlo casi de cualquier cosa. Mientras vivió mi madre, ella consiguió salvarlo de la ruina absoluta, pero cuando murió… –Robbie se encogió de hombros–… mi padre no tuvo a nadie que lo detuviera. Todas las posesiones están hipotecadas y también debo una fortuna por otras cosas.

No era la primera vez que Gordon oía hablar de una familia que se había enterado de que estaba endeudada. Sobre todo, de viudas que se quedaban asombradas y aterradas al enterarse de las deudas y obligaciones económicas adquiridas por sus maridos.

Cuando pensó en lo manirroto que fue Robbie durante su juventud, pudo comprender mejor que la situación fuese tan sombría como la describía. Se levantó y fue hasta la ventana. Había tres hombres cortando un seto en el jardín y otro arrancando malas hierbas. Esa casa enorme, las casas de la ciudad, los sirvientes, la ropa de Robbie, la comida, la bebida…

–¿Cómo pagas todo? –preguntó a su amigo mientras se daba la vuelta.

–A crédito. Casi todos mis acreedores creen que son los únicos a los que les he pedido dinero –Robbie se tapó la cara con las manos y con los codos apoyados en las rodillas–. Es una pesadilla tenerlo todo claro en la cabeza porque no me atrevo a escribirlo. Lo que me ha prestado uno u otro, cuándo me lo ha prestado y cuándo vence el préstamo –miró a Gordon con ojos de espanto–. No puedo dormir y casi no puedo comer. Estoy desesperado, Gordo. Tan desesperado que he llegado a pensar en escaparme a América.

–En vez, decidiste casarte con lady Moira.

Pese al evidente agobio de Robbie, ni Moira ni su padre ni nadie tenían por qué pagar las deudas de los McStuart, aunque casarse por dinero no era una manera muy original de que los hombres de cualquier clase se repusieran de un descalabro económico.

–No exactamente, por Dios. Si no, cuando mi padre murió, habría pedido la mano de esa hija con cara de caballo que tiene lord Renfield –Robbie se levantó y se acercó a Gordon–. No voy a negar que me agradara la dote tan considerable de Moira, pero no era el único motivo para que quisiera casarme con ella. La quería de verdad, Gordon. Es una mujer muy notable, Gordon, aunque cabezota y demasiado intransigente, claro. Si hubiese nacido con el título en vez de recibirlo cuando ya era mayor, no se habría molestado tanto cuando oyó hablar de esas chicas, ahora iríamos a casarnos y todos mis problemas se solucionarían.

Mientras que los de lady Moira estarían empezando...

–Tiene que haber otra cosa que puedas hacer –comentó Gordon intentando buscar una solución que no sacrificase la felicidad de una mujer.

–Si la hay, no sé cuál puede ser –replicó Robbie encogiéndose de hombros–. Las únicas personas que me prestarían algo de dinero son las que cobran intereses desorbitantes y no se andan con bromas si no pagas.

–Tengo algún dinero que podría... –empezó a decir Gordon.

–Prefiero casarme con un caballo de verdad que aceptar tu dinero –le interrumpió Robbie–. Sé cuánto trabajas para conseguirlo.

–Soy tu amigo y los amigos se ayudan.

Robbie volvió al mueble bar y se sirvió otro whisky.

–Ya me ayudas al representarme –Robbie miró fijamente a Gordon y levantó el vaso–. ¿Estás diciendo que no vas a seguir haciéndolo?

–No, no quiero decir eso –contestó Gordon inmediatamente–. Como lady Moira no quiere llegar a un acuerdo, el asunto podría alargarse un poco. Podemos seguir demandándola si quieres, pero podría ser preferible que encontráramos una manera más rápida de conseguir el dinero que necesitas.

–Podría pedir la mano de la hija de lord Renfield –dijo Robbie con el ceño fruncido después de dar un sorbo de whisky–. Estoy seguro de que aceptaría aunque Moira me haya dado calabazas. La última vez que su familia nos visitó aquí, cuando mi padre todavía vivía y yo era un adolescente de diecisiete años, me la encontré desnuda en mi cama –fingió un escalofrío muy exagerado–. Nunca en mi vida me ha tentado menos una mujer. La tapé con una manta y la mandé de vuelta a su habitación.

Gordon, como su abogado y amigo, tenía que darle el mejor consejo que pudiera.

–Casarse por dinero nunca es una buena idea. Según mi experiencia, un hombre o una mujer pagan un precio muy elevado si lo hacen.

–Entonces, no tengo otra alternativa que demandarla y esperar que el adinerado padre de lady Moira se vea obligado a pagar o a evitar llegar al tribunal con una cantidad sustanciosa de dinero. No quiero, Gordon, pero...

Robbie bajó la mirada y cuando volvió a levantarla, Gordon captó un resquicio del niño que había conocido o había creído conocer.

–No estoy orgulloso por tener que recurrir a eso, pero ¿qué otra cosa puedo hacer? Sir Robert McStuart no puede solicitar un empleo.

–Pero sí podrías ser abogado –le propuso Gordon contento de que hubiera sacado el tema.

–¿Te olvidas de que nunca se me dieron muy bien los estudios? Además, tardaría más tiempo del que tengo. Necesito el dinero ahora mismo, no dentro de unos años o cuando ya haya perdido mis posesiones.

Gordon miró alrededor.

–Podías vender algo de arte.

–La mayoría de las obras buenas las tengo como garantía de algún préstamo y si intento vender las demás, también podría anunciar en el *Times* que estoy en quiebra. No quiero ni imaginarme lo que harían mis acreedores entonces.

–Podría ponerme en contacto con tus acreedores, discretamente, claro, e intentar negociar condiciones distintas de pago o una ampliación del plazo. Según mi experiencia, muchas veces, los prestamistas prefieren recibir algo que nada.

El rostro de Robbie se iluminó y tuvo mejor aspecto que el que había tenido desde que Gordon llegó.

–¿Crees de verdad que lo harían?

–Desde luego, merece la pena intentarlo –le aseguró Gordon.

–Sería mucho mejor que pedirle a la cara de caballo que se case conmigo –comentó Robbie con una sonrisa mientras se acercaba a Gordon para estrecharle la mano–. Te juro, Gordo, que invitarte aquí ha sido una de las mejores ideas que he tenido en mi vida.

Quizá lo fuese, pero Gordon habría preferido que no la hubiese tenido.

–¡Ay!

Moira se metió el dedo en la boca para no manchar de sangre el bordado y se lo cambió de mano. Era la tercera vez que se clavaba la aguja desde que empezó.

Miró el reloj dorado que había sobre la repisa de la chimenea de la sala del piso superior. Si el día era soleado, la luz era mejor allí a última hora de la tarde y por eso guardaba la costura en esa habitación. Ese día, sin embargo, no había sido soleado y tenía otro motivo para haber elegido esa habitación relativamente apartada. Podía ver todo el camino de entrada desde la ventana. Era casi la hora del té y su padre no había vuelto todavía de Glasgow, aunque debería haber llegado a mediodía.

Frunció el ceño, se envolvió el dedo con un pañuelo,

guardó las tijeras y los hilos en la caja y cerró la tapa.
El retraso podía no significar nada, podía haber tenido
más trabajo del que había previsto. Además, tendría que
contarle lo de la demanda de Robbie cuando llegara y
era algo que no le apetecía hacer. Aun así, la inquietud
por tener que contarle eso era menor que la inquietud
por enterarse de que su padre había incumplido la promesa de no volver a beber demasiado.

Esperó que no volviera a defraudarla. Suspiró, volvió a mirar por la ventana y vio el carruaje de su padre
que entraba en el camino.

Capítulo 5

Moira salió apresuradamente hasta lo alto de la escalera, desde donde podía ver el vestíbulo y la entrada de su padre. Iba perfectamente arreglado y andaba recto. Dejó escapar un suspiro de alivio y bajó precipitadamente las escaleras para abrazar a su padre.

–¡Moira, hija! ¡Te he echado de menos! –exclamó él mientras la abrazaba.

–Yo también te he echado de menos, papá. ¿Te han ido bien las cosas?

–Sí, mejor de lo que me esperaba –contestó él mientras se apartaba para entregarle el abrigo y el sombrero a Walters–. También tardé un poco en visitar a algunos amigos. Las señoritas Jenkins te mandan muchos recuerdos… y la señora McGovern y los Bruce.

–Los echo de menos.

Moira agarró a su padre del brazo y lo llevó a la sala de estar para tomar el té. Pese a todas sus tareas y obligaciones como señora de la casa de su padre en Glasgow, recordaba aquellos días como un sueño de felicidad y despreocupación, hasta que la bebida se convirtió en una preocupación.

–A lo mejor podríamos invitar a Sally y a su hermana para que vinieran pronto –siguió Moira.

–Es una idea excelente –dijo su padre mientras se sentaba delante de la mesita para tomar el té.

Además del té, la leche y el azúcar, había bollos, los favoritos de su padre, mantequilla y mermelada de fresa. Se sentaron en el sofá tapizado en damasco y su padre empezó a contarle todo lo que había estado negociando, fue casi como tomar el té en su casa mucho más pequeña de Glasgow. Casi.

–Entonces, le dije a ese viejo avaro que debería estar encantado de que le hiciese una oferta así –le contó su padre entre risas–. También le dije que no me había vuelto tonto solo por tener un título. ¡Deberías haber visto su cara, Moira!

–Entonces, ¿todo salió como esperabas?

–¡Mejor! Por eso me retrasé un poco en volver. Sin embargo, también tuve otro motivo. Me detuve un momento para comprar un regalo a cierta jovencita que conozco –metió la mano en un bolsillo y sacó un estuche de terciopelo azul con un lazo encarnado–. Es una pequeñez para mi querida hija.

Hasta el estuche parecía caro.

–Papá… No deberías…

–Si no puedo malcriar a mi hija, ¿a quién voy a malcriar hasta que tenga nietos? Además, he pensado que te merecías algo después de… bueno después de los disgustos recientes.

Agradecida por su cariño, se inclinó y lo besó en la mejilla.

–¡Basta! Póntelo.

Ella soltó el lazo y abrió el estuche.

–¡Papá…! ¡Es precioso!

Se quedó boquiabierta al ver un precioso camafeo del perfil de una mujer sobre un fondo azul cobalto. Lo levantó para admirarlo sobre su vestido color crema.

–¡Es precioso!

–Lo vi e inmediatamente me acordé de ti, querida.

Se lo enganchó en el vestido y fue a mirarse en el espejo. Era del tamaño perfecto y muy delicado.

–Bueno, querida, ya sabes lo que hice en Glasgow, ¿qué has hecho tú en mi ausencia? No habrás dedicado todo el tiempo a ese colegio, espero.

No, desde luego que no, pero tampoco quería estropear ese momento contándole su encuentro con el señor McHeath en el bosque y el beso y, desde luego, la iniciativa legal de Robbie podía esperar un poco. Durante los últimos meses, los ratos que había pasado con su padre se habían teñido demasiado por el miedo y la tristeza.

–Bueno, tuve una reunión con el señor Stamford sobre el colegio.

Su padre ladeó la cabeza con un bollo a medio camino de la boca.

–¿Y bien…?

–Al parecer, se creyó que podía cobrarme lo que quisiera porque no me daría cuenta de lo que costaban los materiales de construcción.

Su padre se rio y dio un mordisco al bollo.

–Menudo necio. Hablando de necios, ¿han vuelto a molestarte esas tres brujas?

A Moira le habría gustado que su padre no la hubiese acompañado la última vez que estuvo en Dunbrachie. Él se disgustó más por los comentarios de las tres jóvenes que ella, en parte, porque Sarah Taggart, la cabecilla, no le importaba lo más mínimo.

—No, papá, no las he visto últimamente.

—Entonces, has pasado un tiempo tranquila —comentó su padre dejándose caer contra el respaldo del sofá.

Moira se entrelazó los dedos sobre el regazo y tomó una bocanada de aire. Aunque preferiría esperar, iba a tener que contarle la demanda que pensaba ponerle Robbie y quizá ése fuese un buen momento, cuando estaba de buen humor y los vinos y licores estaban a buen recaudo.

—Me temo que hay cierta complicación con sir Robert.

La mirada de su padre podía ser cortante como un cuchillo cuando estaba sobrio.

—¿A qué llamas una complicación?

Ella tragó saliva e intentó hablar con calma.

—Al parecer, sir Robert ha decidido demandarme por incumplir mi promesa.

Su padre se levantó del sofá como si le hubiesen clavado una aguja y con la misma cara de incredulidad que debió de tener ella cuando McHeath le comunicó lo mismo.

—¿Qué…?

—Va a demandarme por haber roto mi compromiso.

—¡Eso es ridículo! —exclamó su padre con el rostro rojo como una cereza madura.

—Estoy de acuerdo, pero ridículo o no, es lo que va a hacer —replicó ella intentando mantener la calma para que él también se calmara todo lo posible—. Al parecer, su abogado cree que puede hacerlo porque nuestro compromiso se anunció públicamente y puede considerarse que hubo un contrato verbal también conocido públicamente.

—¿Conocido públicamente? —repitió su padre con

enojo–. Efectivamente, tu compromiso se conoció públicamente, como todas sus aventuras con esas jóvenes, ¡que las conocía todo el mundo en Dunbrachie menos nosotros!

–Aun así, su abogado dice…

–¿Se ha vuelto loco Gallagher? –preguntó su padre.

Gallagher era el abogado habitual de sir Robert, quien participó en la redacción del acuerdo matrimonial.

–No fue el señor Gallagher. El abogado es el señor Gordon McHeath, un amigo de sir Robert, de Edimburgo.

–Me importa un rábano quién es o de dónde es. Nunca ganarán.

Lo mejor sería decirle todo a su padre en ese momento.

–Según el señor McHeath, puede argumentar que yo tenía la obligación de enterarme de todo sobre sir Robert antes de aceptar su petición. Como no lo hice, soy culpable por romper el compromiso.

Desgraciadamente, ella, para sus adentros, tenía que reconocer que el señor McHeath tenía razón en eso. Debería haber conocido mejor al apuesto y seductor sir Robert antes de aceptar su petición. Si no se hubiese sentido tan halagada por su atención, quizá se hubiese dado cuenta de que no despertaba su pasión, al menos, no como lo hizo el señor McHeath cuando lo conoció. En realidad, nadie había despertado su pasión como el señor McHeath.

Su padre fue hasta la ventana, se dio la vuelta y volvió.

–¡Ese hombre tiene los mismos principios e integridad que un gusano! –exclamó agitando el puño–. ¡Demandar a una mujer por rechazarlo! Ese hombre es más necio todavía que esas mujeres.

–No creo que lo sea tanto, papá, o nunca se le habría ocurrido esa idea. Es vanidoso y le he herido su orgullo tanto que pide cinco mil libras por daños y perjuicios.

–¿Cinco mil…? –repitió su padre sin poder creérselo–. Ese hombre está loco si cree que voy a pagarle la cuarta parte de eso.

–Es lo mismo que le dije al señor McHeath, más o menos. Es posible que retire la demanda cuando sir Robert se dé cuenta de que no vamos a claudicar tan fácilmente –dijo ella mientras servía otra taza de té a su padre–. Por favor, papá, siéntate y bebe un poco de té.

–¿Té? ¡No puedo pensar en té en un momento como este! –gritó el conde mientras volvía a la ventana y la miraba con furia–. ¡Deberías haberle soltado los perros a ese abogado!

Ella no quería pensar en el señor McHeath y perros y su padre no debía acalorarse tanto. Tenía que encontrar la manera de tranquilizarlo y de resolver ese problema lo antes y más fácilmente posible, aunque no le gustase esa manera.

Se acercó a él, le tomó las manos y miró al hombre que siempre había hecho todo lo posible para que fuera feliz y no le faltara nada, a pesar de su preocupante afición por las bebidas fuertes durante los últimos meses.

–He pensado que lo mejor sería acabar con este embrollo lo antes posible. Es posible que si le ofrecemos una cantidad menor, sir Robert nos deje en paz.

–¿Puede saberse por qué ibas a pagarle solo porque nos enteramos de la verdad? –preguntó su padre agarrándola con fuerza de las manos–. Si no nos hubiésemos enterado y te hubieses casado con ese canalla mentiroso, él te habría destrozado el corazón y te habría hecho infeliz.

Moira recurrió a las armas que su padre entendería mejor.

—Independientemente del comportamiento de sir Robert, mi reputación ya se está resintiendo. ¿Cuánto más se mancillaría mi nombre si vamos a un tribunal? ¿Cuánto dinero tendríamos que pagar a un abogado para que me defendiera?

El conde se apartó con la expresión más apaciguada.

—Tengo que reconocer que tienes cierta razón. Si nos obstinamos, podría salirnos más caro, y no solo en dinero. Aunque no quiera pagarle ni un céntimo.

—Yo tampoco, papá, pero podría ser lo más prudente. Organizaré una reunión con su abogado para tantearlo.

—No, hija. Déjame que yo negocie con el canalla que representa a ese miserable.

Moira estuvo a punto de rebatirlo, hasta que se dio cuenta de que no podía ser desapasionada cuando se trataba de Gordon McHeath.

—Sí, papá. ¿Quieres más té?

—Jaque mate —anunció Gordon mientras movía la pieza.

Había propuesto jugar al ajedrez para que Robbie estuviese entretenido y alejado del whisky. Lo había conseguido en parte porque Robbie solo había bebido un vaso, que había dejado vacío en la mesa de la biblioteca.

—Santo cielo —farfulló Robbie sin apartar la mirada del tablero—. Evidentemente, has jugado mucho más que yo desde la última vez que nos vimos.

A juzgar por lo mal que había jugado Robbie, Gordon pensó que no había jugado ni una vez desde la última partida, hacía unos seis años. Robbie se hundió un poco en su butaca y tomó el cigarro que había encendido hacía unos minutos.

—No sabía que llevaras una vida tan fácil que te permitiera jugar al ajedrez con frecuencia —siguió Robbie.

—Mi profesión me ocupa casi todo el tiempo, pero sí voy a mi club una o dos noches a la semana.

—Me imagino que también te invitarán a cenas y esas cosas.

—De vez en cuando.

Gordon no quería hablar de la última cena a la que había acudido porque Catriona McNare también acudió. Se dedicó a volver a poner las piezas en sus lugares de partida.

—Aun así, te envidio —dijo Robbie apoyando la cabeza en el respaldo y dejando escapar una bocanada de humo.

A Gordon no le gustaba el olor y se levantó para abrir la ventana más cercana. Robbie pareció no darse cuenta o, al menos, no le importó que a su amigo le molestase el humo.

—Sí, te envidio —repitió en tono pensativo—. Envidio tu vida tranquila y tu tranquilidad de conciencia.

Desde que conoció a Moira y decidió no contárselo a Robbie, no tenía la conciencia muy tranquila precisamente.

—Gordo, viejo amigo, la próxima vez que piense en casarme, voy a presentarte antes a la novia. Un hombre juicioso y serio como tú se cerciorará de que no me dé calabazas otra vez.

Aunque no tuviese sus propios problemas, lo que

menos le apetecía era convertirse en el asesor sentimental de Robbie o analizar a sus posibles esposas.

–No soy un buen juez de mujeres.

Robbie arqueó las cejas, se incorporó en la butaca y sus ojos brillaron con curiosidad.

–Si un abogado no es un buen juez de las personas, ¿quién lo es? –Robbie ladeó la cabeza y miró a Gordon con una expresión de intriga que no era propia de él–. Hay algo que no estás contándome, ¿verdad, Gordo? Lo indica tu mandíbula.

Debería haber tenido más cuidado. Se preguntó qué replicar, hasta que Robbie volvió a hablar y le resolvió el dilema.

–Sabes todas mis desdichas sentimentales, sería justo que me contaras las tuyas.

Gordon no quería hablarle de Catriona, pero, por otro lado, quizá le viniera bien saber que no era el único hombre con problemas sentimentales.

–Hubo una joven que creí que me quería, pero comprobé que me había equivocado.

–¡Santo cielo, Gordo! –exclamó Robbie mientras apagaba el cigarro en el vaso de whisky vacío–. ¿También te ha rechazado una mujer? ¿Quién era?

–Da igual. Todo está zanjado, Robbie. Ella ya está enamorada de otro hombre. Le deseo toda la felicidad del mundo con su marido.

–¿Desde cuándo está casada con otro hombre? ¿Un mes? ¿Un año?

–Algunos meses.

Meses que le parecieron años hasta que se encontró con Moira MacMurdaugh subida a un árbol. Desde entonces, se había dado cuenta de lo distintos que habían sido sus sentimientos hacia Catriona, incluso, desde el principio. Se había parecido más a una muñeca que había querido tener en la sala para admirarla que a una mujer con la que construiría una vida. Moira MacMurdaugh era más mujer y podía imaginarse pasando las desdichas y las alegrías de la vida con ella a su lado.

–Tienes que decirme cómo se cura, Gordo, porque nunca me había sentido tan desgraciado en mi vida.

Robbie parecía decirlo en serio. ¿Cómo podía decirle que un corazón maltrecho se curaba cuando te dabas cuenta de que no habías estado realmente enamorado?

–Siguiendo con tu vida –le dijo.

–Muy bien, entonces, ¡empecemos! –gritó Robbie con entusiasmo–. Mañana hay mercado en Dunbrachie. No se parece a Londres durante la temporada, ni siquiera a Bath, pero siempre hay saltimbanquis, vendedores ambulantes y muchas chicas guapas.

Gordon pudo prever un posible inconveniente para los dos.

–¿Estará lady Moira allí?

Robbie sacudió una mano para restarle importancia.

–Me da igual si está y a ti también. Además, si está, se mantendrá alejada de nosotros. ¡Vamos, Gordo, dime que irás!

Seguramente, no deberían ir. Robbie podría emborracharse o intentar seducir a alguna mujer. Podría hacer algo bochornoso. Además, no quería volver a ver a lady Moira. Estaba complicándole la vida. Por otro lado, quizá no estuviera y si Robbie se animaba, quizá pudiera convencerlo para que se olvidara de la demanda.

–De acuerdo, Robbie, iré.

Capítulo 6

Moira, con un vestido de muselina a rayas azules y verdes, con una chaqueta de terciopelo azul, un sombrero de paja con una cinta a juego con la chaqueta y el bolso colgado del brazo, bajó por la calle principal de Dunbrachie hacia el parque. A un extremo de la calle estaba la iglesia con su campanario cuadrado y al otro la taberna y el establo. Entre la iglesia y la taberna había una serie de casas de piedra, algunas encaladas, con cubierta de pizarra y chimeneas humeantes. Pasó la panadería, la librería, la sombrerería, la tienda de té y la cerería. Como era día de mercado, había puestos provisionales alrededor del parque. Algunos solo eran un carromato con la parte trasera abierta y otros, de vendedores ambulantes, estaban un poco más perfeccionados.

Era un día cálido y soleado y el olor a pan y pasteles recién hechos flotaba en el aire. Los niños pequeños y los perros se perseguían entre los puestos o miraban las marionetas que se habían instalado en el centro del parque. Ninguno de los perros que vio era tan negro ni tan grande ni tan feo como el que la persiguió hasta que se subió al árbol. Quizá fuese un perro asilvestrado o que su dueño había abandonado o perdido.

Ese día, Dunbrachie era idílico, y no se parecía nada al mercado bullicioso y rebosante de productos de Glasgow donde solía comprar antes de que su padre fuese suficientemente próspero para que le llevaran la comida y otras cosas a su casa. En cierto sentido, echaba de menos ese mercado porque pasaba relativamente desapercibida para todo el mundo menos para los comerciantes que frecuentaba.

En Dunbrachie, todo el mundo sabía quién era, y que había roto su compromiso con sir Robert McStuart y también conocía la historia de la herencia imprevista de su padre. Allí había hombres que la miraba ceñudamente porque consideraban que su colegio era una amenaza; allí la miraban de soslayo y susurraban o la miraban elocuentemente con gesto de desprecio, como las tres mujeres que ella consideraba tres brujas.

Sería más fácil quedarse en casa, pero no estaba dispuesta a consentir que las habladurías o los comportamientos groseros la convirtieran en una prisionera. Tampoco iba a dejarse intimidar por los hombres que no querían que construyera el colegio, como Jack MacKracken, quien medía unos dos metros y, en esos momentos, estaba con otros hombres en las mesas y bancos que la taberna había sacado a la calle. Si las miradas pudieran matar, la de él la habría dejado fulminada. No obstante, no podían hacer nada y pasó de largo con la cabeza muy alta camino del carromato de Sam Corlett, que estaba lleno de cintas, plumas, encajes y adornos.

Una sombra con hombros enormes se cruzó en su camino.

–¿Adónde creéis que vais? –preguntó Jack.

Evidentemente, ya no estaba en la taberna y, evidentemente, había estado bebiendo bastante a juzgar por el olor a cerveza. No lo temía. Estaban en un sitio demasiado público para que le hiciera algo y su título le ofrecía cierta protección. Un hombre como él sabría muy bien que el castigo sería severo si atacaba físicamente a una mujer. Lo miró con la misma frialdad que empleaba con los comerciantes que intentaban engañarla.

–A donde vaya no es de vuestra incumbencia, señor MacKracken.

–¿Señor...? ¿Creéis que vais a ablandarme por llamarme «señor»? No lo creáis, como tampoco creáis que uno de mis hijos va a poner un pie en ese colegio.

Tenía siete hijos. La hija mayor tenía once años y a todos ellos les convendría mucho ir al colegio.

–La educación es beneficiosa, señor...

–Si quieres que tus hijos se críen deseando cosas que nunca podrán conseguir. ¿Qué beneficio tiene leer y escribir para un hombre que trabaja la tierra o su esposa?

–Es posible que ninguno –replicó ella sin inmutarse–. Salvo que tenga que firmar un contrato de venta o cualquier documento legal. Además, ¿quién os dice que sus hijos quieren ser labradores? Mi padre nació pobre y prosperó mucho, algo que nunca habría podido hacer si no hubiera sabido leer y escribir.

–Consiguió un título porque se murió un primo que no había conocido.

–Había prosperado en los negocios mucho antes de que eso pasara.

Y antes de que hubiera empezado a beber demasiado. Afortunadamente, bebió en exceso solo por la noche, de vez en cuando al principio, pero con más frecuencia últimamente. No obstante, no se emborrachó varios días seguidos y su actividad laboral no se había visto afectada… todavía.

—Eso decís vos, milady —se burló MacKracken.

—Efectivamente, eso digo. Ahora, si me disculpáis, tengo que comprar algunas cosas.

Ella empezó a avanzar sin esperar a que el gigantón se apartara. Él, por suerte, se apartó, porque si no, ella no sabía qué habría hecho. No podía contar con que el señor McHeath hubiera acudido en su rescate ni aunque hubiese estado allí. Ella se había cerciorado de que no estaba con una ojeada por el parque.

Llegó hasta el grupo de chicas y mujeres que ya estaban en el carromato de Sam Corlett. Si habían visto su encontronazo con MacKracken, no lo demostraron, aunque ninguna pasó de saludarla y de hacerle una discreta reverencia y todas mantuvieron una cierta distancia con ella.

—¡Buenos días, milady! —exclamó Sam al verla—. Esperaba que hoy pasarais por aquí. Tengo algunas cintas preciosas para una dama como vos.

—Necesito cinta verde, Sam. Verde claro.

Los ojos de él resplandecieron como una vela en la oscuridad.

—¡Tengo la que necesitáis, milady!

Sam rebuscó por la parte trasera del carromato, apartó unos hilos de algodón y lo que parecían plumas de ganso teñidas y sacó una bobina de cinta color manzana que era exactamente lo que estaba buscando.

—¿Cuánto cuesta? —preguntó ella sin mostrar excesivo entusiasmo.

—Dos peniques el metro.

Ese Sam siempre intentaba sacarle todo lo posible,

como era natural. No obstante, el precio que había dicho era el doble del que valía la cinta y, probablemente, cuatro veces más de lo que le había costado a él. Dispuesta a seguir el juego, mantuvo la expresión seria y arqueó una ceja.

—¿Es de Francia?

Él puso un gesto igual de serio y un poco apenado.

—No, es una magnífica cinta británica.

—¿De verdad? —ella arqueó las dos cejas—. Había creído que era extranjera a juzgar por el desmesurado precio.

—Bueno, milady, también entra el coste del transporte y del esfuerzo por buscar la mejor, claro. No compro cualquier cinta, ya lo sabéis. Es la mejor que se puede encontrar en Escocia a cualquier precio.

—No necesito la mejor, Sam —replicó ella.

—Entonces, tengo esta.

Sam volvió a rebuscar y sacó una bobina de cinta de un tono verde que solo podía existir en la imaginación de un tintorero que estaba muy mal de la vista.

—Es bastante bonita, pero la otra me entona mejor —dijo ella—. Aun así, dos peniques el metro es excesivo para lo que busco.

Moira se dio la vuelta como si fuese a marcharse.

—Supongo que como sois una dama tan hermosa, podría daros dos metros a dos peniques.

Ella se dio la vuelta sin mostrar satisfacción en el rostro.

—¿De verdad? Eso estaría muy bien —comentó ella con una sonrisa—. Es una cinta preciosa.

Sam también esbozó una sonrisa que le indicó que iba a pagar el precio que él quería y había esperado y que los dos se quedaban satisfechos.

–¡Miradla regateando como una pescadera y con un padre forrado! –dijo una voz femenina.

Era la señorita Sarah Taggart y, sin duda, estaría acompañada por sus dos acólitas. La señorita Sarah Taggart, hija de un herrero, la señorita Mabel Hornby, hermana del molinero del pueblo, y la señorita Emmeline Swanson, sobrina de un destacado destilador, intentaron por todos los medios hacerse amigas de Moira cuando llegó a Dunbrachie. Sin embargo, cuando Robbie empezó a hacerle más caso a ella que a ellas y, sobre todo, cuando se prometieron, la actitud de ellas se tornó gélida.

Después de que rompiera el compromiso, se preguntó si volverían a intentar ser amigas de ella, pero no, le dieron la espalda. Mejor dicho, la señorita Sarah Taggart decidió darle la espalda y las demás la siguieron.

Aun así, no estaba dispuesta a que Sarah tuviera el placer de saber que la había oído. Pagó a Sam y, con la cinta, se encaminó hacia el establo. Aminoró el paso al acercarse a la panadería. No tenía que comprar nada, pero le gustaba el olor a pan y bollería recién hechos, hasta que reconoció dos voces masculinas. Una era jovial y bromista y la otra más serena. Eran sir Robert McStuart y el señor Gordon McHeath, dos personas a las que quería ver menos que a Jack MacKracken y a Sarah Taggart.

Disimulando, se metió apresuradamente por el callejón que había entre la panadería y la librería antes de que Robbie y McHeath pasaran de largo. Aunque el instinto le decía que tenía que evitarlos, no pudo evitar mirar a McHeath cuando pasó. Esa mañana, no parecía un abogado. Llevaba una chaqueta de lana y unos pantalones de aspecto cómodo, un chaleco sencillo y un lazo un poco suelto. El sombrero de copa, caído hacia atrás, dejaba ver su pelo tupido y ondulado. Vestido así, se parecía más al hombre que había acudido en su ayuda y menos al abogado que representaba al hombre que había dejado de respetar y al que nunca amaría. Aun así, era ese abogado y pensó que si iban a ofrecer un acuerdo, sería preferible empezar las negociaciones lo antes posible y sin su padre. Aunque eso significara arriesgarse a estar sola con el señor McHeath.

Al comprobar cómo reaccionaban los habitantes de Dunbrachie ante la presencia de Robbie, Gordon pudo comprender la arrogancia de su amigo. La gente sonreía, inclinaba la cabeza o se llevaba los dedos al sombrero cuando él pasaba. Los hombres se apartaban de su camino como si fuese un héroe y las mujeres de cualquier edad se sonrojaban si él miraba en su dirección. Los niños pequeños lo miraban boquiabiertos y los mayores con envidia. Las chicas se reían nerviosamente y miraban hacia el suelo con recato. Hasta los perros parecían tratarlo con deferencia, y Gordon se fijó en que ningún perro era negro y enorme. Robbie parecía aceptar la atención de la gente con la misma naturalidad que había mostrado ante Gordon cuando eran niños en el colegio. Entonces, Gordon se había sentido como si fuese el elegido por los dioses y no había vuelto a sentir nada tan emocionante desde entonces. Excepto una vez, cuando lady Moira lo besó.

Tenía que dejar de pensar en eso como tenía que dejar de buscarla por allí. Al fin y al cabo, ¿por qué iba a ir a un mercado de pueblo? Los comerciantes estarían encantados de llevarle lo que quisiera a su casa.

—Dios mío, vete a la izquierda. ¡A tu izquierda!

Robbie empujó a Gordon con el codo en esa dirección cuando se acercaban a un carromato.

–¿Por qué? ¿Qué pasa?

Gordon lo preguntó con un susurro aunque solo podía imaginarse una posibilidad. Era una posibilidad que le aceleraba el corazón y sabía que no debería emocionarse ante la posibilidad de encontrarse otra vez con lady Moira… sobre todo, cuando estaba con Robbie.

Miró fugazmente por encima del hombro y se llevó una decepción igual de grande que el entusiasmo anterior al comprobar que tres jóvenes, vestidas con lo que probablemente era la última moda en Dunbrachie, se acercaban apresuradamente hacia ellos. La joven que iba por delante era alta, con el pelo castaño, los ojos radiantes y una sonrisa que dejaba ver unos dientes ligeramente mellados. Llevaba una capa azul claro y un sombrero con flores y una cinta a juego. La seguían, como fieles doncellas, otras dos jóvenes. Una era más baja, rubia, levemente rolliza, con capa y un sombrero algo más pequeño; la otra tenía el pelo moreno, un vestido verde con chaqueta verde oscuro y un sombrero de ala ancha muy exagerado.

Gordon se preguntó cómo podían escapar, porque parecía lo más sensato, se dio la vuelta hacia su amigo y comprobó que ya no estaba allí. Perplejo, vio que Robbie desaparecía por la puerta de la taberna. No se había ido hacia la izquierda. Había girado bruscamente hacia la derecha y lo había dejado abandonado a su suerte o, al menos, a las tres jóvenes.

–Os pido disculpas por mi atrevimiento –dijo la joven alta mientras se paraba y hacía una reverencia–. Sois el señor McHeath, ¿verdad? ¿Sois el amigo de sir Robert que ha venido de Edimburgo? Le pediría que nos presentara, pero no está aquí y mis amigas y yo estábamos deseando conocerlo. Espero que no os importe. Esta es la señorita Mabel Hornby y esa la señorita Emmeline Swanson.

Gordon, atrapado, inclinó la cabeza con cortesía.

—Efectivamente, soy Gordon McHeath, de Edimburgo. Encantado de conocerlas.

Las señoritas Hornby y Swanson se rieron nerviosamente y la portavoz siguió en tono jovial.

—Yo soy Sarah Taggart. La señorita Sarah Taggart. No solemos recibir visitas de Edimburgo en Dunbrachie. Quiero decir, sir Robert suele recibir visitas, pero casi nunca vienen al pueblo.

—Ellos se lo pierden, estoy seguro.

—Es una bendición que hayáis venido para animar a sir Robert en estos momentos tan complicados —siguió la señorita Taggart en un tono apesadumbrado aunque con una mirada de ave de presa—. Creemos que lo han utilizado de mala manera.

—Muy mala —confirmó la señorita Swanson.

La señorita Hornby afirmó tan vehementemente con la cabeza que pareció como si su extravagante sombrero fuera a caerse.

—Eso no habría pasado si hubiese elegido a una chica de aquí —afirmó tajantemente la señorita Taggart.

Sus amigas volvieron a asentir con la cabeza. Evidentemente, eran chicas de allí y él se preguntó vagamente cuánto duraría la amistad entre ellas si Robbie eligiera a una.

—Hay más de una joven en Dunbrachie que se sentiría honrada de ser su novia.

—¡Honrada! —repitió la del sombrero inestable.

—¡Encantada! —exclamó la otra joven.

La señorita Taggart miró a sus amigas antes de seguir.

—Por favor, decidle que tiene amigas en el pueblo que creen que lo que le ha pasado es una vergüenza espantosa, pero ¿qué puede esperarse de los forasteros? Además, ¡de Glasgow!

Ella dijo «Glasgow» como si fuese la moderna Gomorra y cualquiera que fuese de allí quedase automáticamente desechado para el matrimonio.

—Estoy seguro de que él ya sabe que tiene amigas en Dunbrachie.

Gordon se preguntó si esas jóvenes serían tan entusiastas si supieran que Robbie acababa de escabullirse para no encontrarse con ellas… o cuánto bebía… o las deudas que tenía… o las mujeres que había seducido… Quizá ya lo supieran y no les importara porque Robbie tenía un título y era apuesto. En cuanto a la demanda, ellas creerían que estaba justificada, sin darse cuenta, como desgraciadamente le había pasado a él, que indicaba una amargura vengativa que no debería tener ningún hombre íntegro y realmente noble.

—Si me disculpáis, tengo que hacer algunas cosas.

Por ejemplo, impedir que Robbie bebiera hasta la inconsciencia en la taberna.

—Naturalmente. Buenos días, señor McHeath —se despidió la señorita Taggart.

Luego, agarró del brazo a sus amigas y se alejó como si acabara de hacer una conquista. Gordon se dirigió hacia la taberna y cruzó el callejón que separaba la panadería de la librería. La próxima vez que Robbie le hiciese eso, si se daba una próxima vez… Una mano lo agarró del hombro y lo metió en el callejón.

Capítulo 7

Gordon levantó la mano para zafarse hasta que se dio cuenta de que esa persona llevaba un sombrero de mujer. Una mujer lo había metido en el callejón, una mujer que llevaba un sombrero más bonito y caro que ninguno de los que se había puesto lady Catriona Mc-Nare, una chaqueta de terciopelo, un vestido de muselina…. Supo quién era antes de que el sombrero se echara hacia atrás para que pudiera ver el rostro de lady Moira.

–Milady, ¿qué…?

Ella le tapó los labios con un dedo. Aunque llevaba guantes, el delicado contacto fue tan excitante como si le hubiese acariciado el muslo desnudo.

–Por favor, hablad en voz baja –le pidió ella en un susurro–. Si voy a humillarme y a tragarme mi orgullo, prefiero hacerlo con los menos testigos posibles.

Él habría hecho cualquier cosa que le hubiese pedido si lo miraba así y le tocaba los labios.

–He pensado que quizá debería ser más… flexible en mi negociación con sir Robert.

¿Por qué tenía que hablar de Robbie?

–Estoy dispuesta a plantearme un acuerdo para no llegar a los tribunales y ahorrarnos tiempo y dinero a todos.

Claro. La demanda los había unido y la demanda, además de su amistad con Robbie, los alejaría siempre. Aun así, debería alegrarse de ese cambio y no solo por Robbie. Su vida estaba en Edimburgo, no allí. Ella era una dama y él un abogado. La familia de ella era rica y su padre conde; él no tenía una familia de la que pudiera hablar. Sus padres murieron cuando él era secretario de un abogado y ninguno de sus hermanos pasó de la infancia. Todos sus tíos y tías estaban muertos y solo tenía un primo que había emigrado a Canadá. Decidido a tener presente todas las diferencias que los mantendrían alejados, hizo un esfuerzo para pensar y hablar como un abogado.

–¿Cuánto estáis dispuesta a ofrecer para llegar a un acuerdo?

–¿Cuánto creéis que estará dispuesto a aceptar Robbie?

Hacía mucho tiempo que él había aprendido que las mujeres podían negociar tan bien e inteligentemente como los hombres. Había tratado con muchas esposas o viudas de comerciantes que eran tan hábiles como sus maridos en lo relativo a los negocios y algunas más.

Aunque sabía muy bien que tenía que pensar con cuidado y claridad durante la negociación, ninguna de las otras mujeres con las que había tratado esos asuntos había sido tan interesante y enigmática como lady Moira. Además, evidentemente, nunca había besado a ninguna de ellas, cuestión esta que le complicaba mucho centrarse solo en el asunto que tenía entre manos.

También sabía muy bien que ganaría ventaja si ella era la primera en proponer una cantidad.

–Como se suele decir, las mujeres primero.

–Creo que tengo que dejar claro que si bien estoy dispuesta a negociar un acuerdo, no reconozco ninguna culpa ni conducta censurable. En cuanto al daño emocional, estoy segura de que no rompí el corazón de Robbie. Por eso, cualquier oferta que haga será para que desaparezca definitivamente de mi vida.

Ella lo dijo con tal serenidad y frialdad que él pensó que había olvidado el beso o, casi peor, que no había sido para ella una experiencia tan extraordinaria como había sido para él.

–Parecéis muy segura de los sentimientos de mi amigo… o de su falta de sentimientos. No podéis ver en el corazón de un hombre, ¿verdad?

Si podía, ¿qué veía en el de él?

–Vos tampoco podéis ver en su corazón –replicó ella–. Comprendo que sois su amigo, pero, como abogado, también sabréis que las personas mienten.

Ella ladeó la cabeza para mirarlo con detenimiento y él tuvo la sensación de que lo conocía, como a todos los hombres, demasiado bien.

–Si alguna vez me amó sinceramente, ¿por qué quiere hacerme daño ahora? ¿Por qué no podemos seguir nuestros caminos sin más? Al fin y al cabo, recuperará su reputación mucho antes que yo la mía.

Ella tenía razón, pero él tenía un cometido quisiera o no. Le había dicho a Robbie que iba a representarlo.

–¿No creéis que su rabia puede ser una prueba de su dolor? Si le importara menos, sería más fácil para él dejar las cosas como están.

–¿Qué os parece lo que hizo después de que le dijera que no iba a casarme con él? Sé de buena tinta que estuvo con otra mujer esa misma noche.

Desgraciadamente, Gordon podía imaginarse fácilmente que Robbie hubiese buscado consuelo o alivio en brazos de otra mujer. Sin embargo, si lo había hecho esa misma noche, debería habérselo dicho porque ella tenía razón al pensar que eso debilitaba su postura negociadora

–Entonces, tampoco ha sido completamente sincero con vos... –comentó ella.

En algún sitio, entre Edimburgo y Dunbrachie, había perdido la capacidad de mantener la careta de abogado imperturbable, al menos, cuando hablaba con lady Moira MacMurdaugh. Además, estaba creyéndose a pies juntillas todo lo que decía ella, algo que no debería hacer. Al fin y al cabo, tenía motivos para intentar desacreditar a su amigo.

–¿Cómo lo sabéis? –preguntó él.

–Mi padre se enteró por el dueño de la posada donde se encontraron sir Robert y esa mujer.

–En otras palabras, vuestra fuente son las habladurías –replicó él intentando hacer lo posible por Robbie.

–¿Creéis que mi padre me lo habría contado si no fuese verdad?

–No sé qué habría podido decir vuestro padre y él no es neutral. En cuanto a que sir Robert me contara o no sus actividades durante la noche en cuestión... Si un hombre busca alivio en una mujer, no tiene por qué decírselo a su amigo, a su abogado ni a nadie. Eso tampoco significa que su dolor fuese menor.

–No obstante, sí da a entender que podía consolarse y, entonces, el dolor por la ruptura de nuestro compromiso no fue tan intenso como para pedir una reparación de cinco mil libras. Creo que quinientas son más que suficientes –concluyó ella con un brillo en los ojos que reflejaba una mezcla de placer y emoción.

Era como si aquello fuese una especie de competición que estaba decidida a ganar. Naturalmente, lo era en cierto sentido, pero si bien había visto esa reacción en algunos abogados y comerciantes, nunca la había visto en una mujer. Otro ejemplo de lo que hacía que esa mujer fuese tan distinta y tan fascinante y de por qué tenía que hacer un esfuerzo para concentrarse en el asunto que tenía entre manos y para recordar que representaba a Robbie, no a ella.

—También está el asunto del orgullo herido —replicó él—. Él podría pensar que acordar una cantidad tan baja podría ser otro agravio.

—Estoy de acuerdo en que Robbie tiene mucho orgullo, mucho más del que se merece, y no pienso recompensarlo por tenerlo.

—Independientemente de lo que penséis sobre lo justificado que está su orgullo, es algo que hay que tener en cuenta. Al fin y al cabo, tiene un título. No creo que acepte menos de cuatro mil.

—A lo mejor debería acordarse de su orgullo y su título antes de que empiece a beber la próxima vez —contraatacó ella.

Gordon no pudo discrepar y volvió al asunto económico.

—Si ofrecéis una cantidad demasiado pequeña, él podría considerarlo tan ofensivo como romper el compromiso.

—No pagaré más de ochocientas libras y lo considero un regalo.

Robbie lo consideraría una insignificancia, se enojaría, perdería los nervios y bebería más todavía.

—Ochocientas libras no serían suficientes. Seguramente, él pensaría que no os tomáis la demanda en serio.

–Os aseguro que me la tomo en serio. A quien no me tomo en serio es a sir Robert.

–Deberíais hacerlo, milady –le advirtió Gordon–. Está decidido en este asunto. Creo que deberíais ofrecer al menos tres mil.

–Yo también estoy decidida, señor McHeath, decidida a que no se lleve más de mil y eso es mil más de las que debería llevarse. Debería estar encantado de que me plantee pagarle algo.

–Milady, me temo que eso no va a ser suficiente.

Él captó el cambio y supo que no iba a subir incluso antes de que hablara.

–Ya hemos regateado bastante, señor McHeath. Si él prefiere acudir a un tribunal antes que ser juicioso y agradecerme mi oferta, que así sea. Buenos días.

Representara a Robbie o no, no podía dejar que se marchara así.

–Lady Moira –él le puso una mano en el hombro–, agradezco vuestra disposición a llegar a un acuerdo y quizá me equivoque al decir lo que sir Robert aceptará o no. Le comunicaré vuestra oferta y os diré la respuesta. Lamento la iniciativa de mi amigo en este asunto, pero le debo demasiado como para negarme a representarlo –añadió Gordon sin poder evitarlo.

Su mirada inmutable lo atrapó como si una tela de araña los uniera.

–¿Qué le debéis? –preguntó ella con delicadeza.

Ella quería saberlo. Tenía que saberlo y entenderlo.

–Mi reputación, mi educación, mi profesión. Cuando estábamos juntos en el colegio, robé algo de dinero para comprar caramelos. No fue gran cosa, pero me habría costado la expulsión y la deshonra. Robbie le dijo al director que había sido él. Si no lo hubiese hecho, habría tenido que ir a un colegio menos prestigioso, no habría podido entrar de secretario en el despacho de un abogado tan afamado y, probablemente, no habría llegado a ser abogado. Eso es lo que le debo a Robbie, demasiado como para darle la espalda en este momento, aunque él... haya cambiado.

Ella lo agarró de las solapas como si él fuese a caerse y lo miró con tal intensidad que pareció alcanzarle el alma.

—Aunque os ayudara hace años, ¿cómo podéis representarlo ahora? Es un canalla que seduce y abandona a jóvenes vulnerables.

—A Robbie lo han criado para creer que, como noble, tiene ese derecho.

—¡No lo tiene!

—No, no lo tiene —confirmó él—. Debería haber resistido la tentación.

Como él debería estar resistiéndola en ese momento, en vez de agarrarla con delicadeza de los hombros.

—Deberíais marcharos, lady Moira.

Ella asintió con la cabeza, pero no se movió. Todo el cuerpo le abrasaba por la mirada firme y anhelante de él.

—O yo debería marcharme —murmuró él—. Alguien debería marcharse antes de...

—Sí, antes de... —susurró ella mientras él la tomaba entre los brazos.

Aquello era un error, se dijo Moira mientras él la abrazaba. A pesar de la pasión que se reflejaba en sus ojos y de su propio deseo, a pesar del recuerdo de su beso y de la sensación de su fuerza masculina contra su cuerpo, debería apartarlo y salir corriendo.

No lo hizo. No pudo. Se estrechó más, cedió al deseo, se puso de puntillas y levantó la cara para recibir el beso. Le soltó las solapas y apoyó las manos sobre el agitado pecho de él. Esa vez, no fue un roce delicado de los labios. Las bocas se encontraron como antorchas encendidas. Con un leve gemido de rendición, le rodeó el cuerpo con los brazos, se olvidó de todo y de todos, de dónde estaba y de quién era él. Solo sabía que necesitaba estar en brazos de ese hombre, deleitarse con su beso y sentir las caricias de sus manos.

Él la acarició con la mano que le quedaba libre mientras, con el otro brazo alrededor de ella, la llevaba contra la pared de la panadería. Con la lengua dentro de su ávida boca, le acarició la mejilla, el hombro, el brazo, las costillas y, por fin, un pecho.

Ella dejó escapar un gemido de placer sofocado por la boca de él. Gordon se apoyó en la pared con la mano izquierda y con la derecha siguió arrastrándola hacia la cima del deseo mientras los labios y la lengua anunciaban aún más excitación.

Moira también lo acarició y su entusiasmo apasionado aumentaba mientras le pasaba las manos por los poderosos músculos de los brazos, la espalda y los hombros. Envalentonada por el anhelo que se adueñaba de ella, introdujo la mano por debajo de su chaleco para sentir su piel a través de la camisa. Uno de los botones de la camisa se abrió e, instintivamente, introdujo la mano para recorrerle el pecho sedoso y sentir el vello que rodeaba su pezón.

Él, apremiantemente, la estrechó contra sí con una rodilla entre las de ella para aumentar más todavía el ardor que la consumía. Dejó de besarla en la boca y los labios le recorrieron el cuello. Jadeante, ella se arqueó contra su muslo. Él volvió a acariciarle el pecho, bajó la boca hacia las clavículas y el borde del vestido y levantó un poco más el muslo, pero lo apartó casi al instante. Ella no supo por qué lo hizo, solo sabía que no quería que parara, que empezaba a sentir una tensión que no había sentido nunca.

Gordon le tomó el pecho, le pasó el pulgar por pezón endurecido y volvió a levantar el muslo entre los de ella. Ella se contoneó una y otra vez mientras esa tensión embriagadora crecía más y más. Entonces, la tensión estalló como un cristal en mil pedazos. Él la besó en la boca para sofocar sus gritos de alivio. Ella no podía hablar, no podía pensar, estaba aturdida, estupefacta por lo que acababa de pasar.

Capítulo 8

Moira, sonrojada y con los ojos como platos por la incredulidad, miró fijamente a Gordon y el remordimiento se adueñó de él. ¿Qué había hecho? ¿Cómo había podido ser tan débil y tan poco juicioso? No debería haberse dejado llevar por los impulsos que brotaban en él siempre que estaba con ella, sobre todo, cuando estaba ayudando a Robbie para demandarla.

–Moira… –empezó a decir él aunque no sabía qué decir.

La expresión de ella cambió a una de espanto absoluto, como si hubiera intentado asesinarla. Sacudió la cabeza y levantó una mano para que no siguiera.

–No… –susurró ella–. ¡No, no, no! Yo nunca… ¡Con nadie…!

Nunca y con nadie, ¿qué? ¿Nunca había estado en una situación tan íntima con un hombre, algo que lo emocionaba y aliviaba, o nunca había sido tan débil, una preocupación que él también sentía? Antes de que pudiera preguntarlo o de que pudiera intentar explicarlo o justificarse, ella se abrió paso y salió corriendo del callejón. Él iba a seguirla, pero se detuvo. ¿Qué iba a decirle que le hiciera parecer mejor que Robbie, un hombre al que había rechazado por no saber dominarse? Se dejó caer contra la pared con una cosa clara. Pasara lo que pasase entre lady Moira y él, no podía quedarse en Dunbrachie, ni siquiera por Robbie. Le entregaría a Robbie todo el trabajo que ya había hecho, le desearía buena suerte con el nuevo abogado y volvería a Edimburgo. Robbie se enfadaría, quizá se enfadara tanto que no volvería a hablarle, pero ¿sería peor eso que verse a merced de una pasión que no podía controlar? Tenía que volver a Edimburgo, a un terreno sólido y conocido que no fuese ese terreno incierto y escarpado. En Edimburgo le habían malherido el corazón, efectivamente, pero, al menos, eso también era conocido.

Tampoco podía quedarse en ese callejón para siempre. Decidió buscar a Robbie y volver a la residencia McStuart y también decidió que nadie podía saber que había estado con lady Moira y mucho menos que había hablado con ella y la había besado. Salió del callejón por el extremo opuesto, cruzó el parque y entró en la taberna, un establecimiento bastante descuidado, de granito y pizarra, con una chimenea inmensa y humeante y algunos clientes que fumaban. El ambiente olía a humo, tabaco, sudor, serrín y cerveza. Además, era ruidoso por las voces de los clientes, entre ellos, Robbie. Cuando se acostumbró a la repentina penumbra, vio a su amigo al fondo de la habitación, despatarrado en una silla, con una botella de vino en la mesa y con varios hombres que parecían comerciantes que lo escuchaban con aparente atención.

En el extremo opuesto, al lado de la puerta, había otro grupo que parecía de labradores o granjeros. También había uno que era el centro de atención, un hombre alto y fornido vestido con una lana basta y remendada que parecía como si solo se lavara una vez al año.

–Le bajé bien los humos –comentó el hombre desaseado en tono triunfal.

Gordon pensó que se referiría a su maltratada esposa.

–Ella se cree todopoderosa por su dinero y su título y que puede decirnos qué es lo mejor para nuestros hijos. Le dije lo que podía hacer con su maldito colegio.

Gordon aminoró el paso y su decisión de marcharse inmediatamente se disipó un poco. ¿Cuántas mujeres con título podía haber en Dunbrachie?

–Tuvo el descaro de hablarme de su padre. Según ella, ganó dinero antes de heredar el título porque sabía leer y escribir. ¿Y qué? Nació con suerte y nosotros no.

–Tienes razón, Jack –dijo uno de los hombres que lo rodeaban.

–¡Gordo, viejo amigo! ¡Has venido! –exclamó Robbie.

Gordon tuvo que acercarse a él y pudo ver mejor a los hombres que lo acompañaban. Parecían el tipo de sinvergüenzas con los que Robbie se lo pasaba bien, de los que lo adularían para que les pagara todas las bebidas y partidas hasta que no le quedara nada en el monedero. No se sentó y se limitó a hacer un gesto con la cabeza cuando le presentaron a esos hombres que no volvería a ver en su vida.

–Caballeros… –saludó Gordon a los hombres–. Sir Robert, si no os importa, creo que ha llegado el momento de que volvamos a la residencia McStuart.

–¡Ni siquiera es mediodía! –exclamó Robbie con el ceño fruncido.

–Bien pasada –replicó Gordon.

Robbie ya se había terminado una botella de vino y los demás hombres tenían jarras de cerveza en las manos o en la mesa. Robbie no le hizo caso y se dirigió a los otros hombres.

–¿Qué os dije, muchachos? –Robbie se levantó de un salto y rodeó los hombros de Gordon con un brazo–. Parece un luchador de primera, ¿verdad? Fue campeón del colegio cuando éramos niños.

Era verdad y en otra ocasión le habría emocionado que Robbie alabara su fuerza, pero no en esa. No estaba especialmente orgulloso de ese logro y quería marcharse.

–Sir Robert…

–No sé qué haces en Edimburgo para mantenerte en forma, Gordo –le interrumpió Robbie entre risas–, pero, evidentemente, da resultados.

Gordon estuvo a punto de decir que una de las cosas que hacía era no beber en exceso, pero, probablemente, ese comentario solo habría servido para que Robbie quisiera quedarse a beber más.

–Si no os importa, sir Robert, me gustaría volver a la residencia McStuart –insistió Gordon con más firmeza.

–Me apostaría cincuenta libras a que Gordon puede derrotar a cualquier hombre que queráis –anunció Robbie sin hacerle caso.

Gordon abrió la boca para negarse, pero antes de que pudiera decir nada, un hombre con un llamativo chaleco amarillo se levantó y dejó una bolsa de monedas en la mesa.

–Acepto la apuesta.

Era un hombre pálido y con unas manos delicadas. Podía ser un noble o un comerciante próspero, pero había algo en su forma de vestir que indicaba que lo más probable era que fuese un jugador profesional, lo que hacía más apremiante que Robbie se marchara de allí. Si no, era imposible saber cuánto más se gastaría Robbie, sin tenerlo, o en qué lío podía meterse.

—No he boxeado desde que terminamos el colegio y no pienso boxear hoy —intervino Gordon decidido a marcharse de la taberna con su amigo lo antes posible.

—¡Venga, no seas gallina! —le provocó Robbie con una sonrisa forzada y una mirada acerada—. Puedes derrotar a cualquiera con una mano atada a la espalda.

—Yo ya he aceptado la apuesta —les recordó el jugador con un brillo de codicia en los ojos.

—Yo no he aceptado —replicó Gordon.

—Una apuesta es una apuesta —insistió el jugador—. ¿No es verdad, muchachos? A no ser que no mantengáis la palabra…

—Nunca jamás me he echado atrás en una apuesta —afirmó Robbie agarrando con fuerza el brazo de Gordon—. Dadme un momento para que convenza a mi amigo.

A Gordon no le gustaba que lo trataran como a un niño remiso. Sin embargo, sería peor negarse a acompañar a Robbie y fue con él a la bulliciosa cocina. Una mujer regordeta con el pelo cubierto con un pañuelo y un mandil lleno de manchas revolvía una cazuela con algo que olía a guiso de carne. Los miró con la boca abierta cuando pasaron de largo. Una fregona que parecía que no había comido desde hacía varias semanas estaba en un fregadero de piedra con un puchero sucio y un trapo igual de sucio en la mano. Aunque se sorprendió lo mismo que la otra mujer y clavó la mirada en Robbie y Gordon, no dejó de pasar mecánicamente el trapo por el puchero. Un niño de unos diez años con un montón de leña en los brazos, lo dejó caer. La cocinera se asustó y volvió a revolver la cazuela, y la fregona agarró otro puchero.

Robbie, sin hacerles el más mínimo caso, salió al patio seguido por Gordon. Una vez al aire libre y a la luz del sol, Gordon parpadeó y miró el patio rodeado por una tapia de piedra en dos costados y lo que parecía un establo en la tercera. Al lado de la puerta había un pozo tapado por algunos barriles vacíos. Un bebedero de madera se apoyaba en una pared y algunas gallinas escarbaban el suelo de tierra. Aparte, estaban solos.

–No voy a pelear contra nadie –afirmó tajantemente Gordon–. Soy un abogado de veintiocho años, no un colegial.

Un colegial deseoso de ganarse su respeto y admiración, añadió Gordon para sus adentros.

–¿Qué tiene de malo? –preguntó Robbie con los brazos cruzados–. Tu reputación no va a resentirse. No estamos en Edimburgo. Además, ¿a quién crees que van a enfrentarte? Seguro que es a algún joven paleto que no ha boxeado en su vida. Es dinero fácil.

Lo sería para Robbie, pero él sería el que tendría que pelear. Bastante censurable era que quisiera saldar sus deudas demandando a lady Moira, pero, además, quería utilizarlo para ganar una apuesta.

–No quiero pelear, Robbie.

Robbie, congestionándose, cruzó los brazos y lo miró con furia.

–Nunca pensé que fueses un cobarde.

La ira se adueñó de Gordon y el poco respeto que conservaba por Robbie se esfumó.

–No tengo miedo de pelear, pero no quiero pelear hoy aunque hayas apostado…

Se le ocurrió una cosa, una manera para que Robbie se olvidara de la demanda. Además, como a Robbie le gustaba apostar, la idea le tentaría.

—Pelearé con una condición. Si gano, tú…

Gordon dudó. Si ganaba, quería que Robbie se olvidara completamente de la demanda, pero, probablemente, él no lo aceptaría. Por eso, propuso algo que Robbie por lo menos se plantearía.

—Si gano, tú aceptas zanjar el asunto con lady Moira por mil libras y luego encontraremos la manera de saldar el resto de tus deudas o de que sean más soportables.

Robbie frunció el ceño pensativamente.

—¿Por qué iba a aceptarlo?

Gordon no quiso perder esa oportunidad y ofreció un motivo que un hombre como Robbie podría entender.

—Porque así, se alcanzará un acuerdo más fácil y más deprisa y tú podrás tener dinero antes. Ese dinero te permitirá apaciguar un tiempo a tus acreedores más acuciantes.

—Y supondrá menos trabajo para ti, eh, Gordo —replicó Robbie con una sonrisa de suficiencia.

Unos días antes, Gordon habría dicho que nunca podría odiar a Robbie, pero allí, en el patio de una taberna de Dunbrachie y al ver esa sonrisa de suficiencia después de haberse enterado de lo que había hecho su amigo y de lo que era capaz de hacer, el último vestigio de respeto, cariño y admiración que había tenido por sir Robert McStuart se disipó.

—¿Qué pasará si peleas y pierdes? —preguntó Robbie.

—Yo pagaré la apuesta.

—¿Y en cuanto a la demanda? ¿No intentarás que llegue a un acuerdo por menos de cinco mil libras?

–No intentaré nada porque dejaré de representarte independientemente del resultado de la pelea.

Robbie lo miró sin poder creérselo.

–¿Qué?

–Ya me has oído, Robbie. Si quieres mantener la demanda contra lady Moira, tendrás que buscarte otro abogado. Te dejaré los documentos que he esbozado.

También le dejaría un sobre lacrado al nuevo abogado explicándole que lady Moira estaría dispuesta a llegar a un acuerdo por una cantidad inferior para que ese abogado negociase las condiciones.

–Voy a volver a Edimburgo lo antes posible.

–¡Por Dios, no lo dirás en serio! –exclamó Robbie con incredulidad.

–Sí, Robbie, lo digo en serio. Creo que esa demanda es un error.

Robbie, en vez de enfadarse, echó la cabeza hacia atrás y se rio como si no hubiese pasado nada entre ellos.

–¡Santo cielo, Gordo! Sabía que eras un poco calvinista, pero no tanto. Casi consigues que me avergüence de mí mismo.

Casi, pero no se avergonzaba de verdad, como haría un verdadero caballero con integridad.

–No hace falta que te vayas corriendo a Edimburgo, viejo amigo, porque vas a ganar la pelea, yo me conformaré con las mil libras y si me ayudas a negociar con los acreedores, todo irá sobre ruedas.

Gordon se quedó maravillado de la facilidad que tenía Robbie para desdeñar la oposición. Era despreocupado de joven, pero Gordon supuso que se debía a que era rico y noble. En ese momento, esa capacidad se parecía más al egoísmo, como si diera por supuesto que alguien o algo solucionaría siempre sus problemas. Gracias a Dios, lady Moira había roto el compromiso. Si se hubiese casado con él, habría sido muy desgraciada.

–Vamos, Gordo, no hay tiempo que perder. Ya tendrán preparado el ring. Aunque tendremos que encontrar algo para que te cambies, no me gustaría que te estropearas la ropa.

Como si lo único que le preocupase fuese la ropa.

Cuando Moira salió del callejón, solo pensaba en volver al carruaje y a su casa lo antes posible. Recorrió la calle apresuradamente con la mirada clavada en el suelo y haciendo un esfuerzo para no mirar por encima del hombro si McHeath la había seguido. ¿Cómo había podido ser tan necia, tan débil y tan estúpida? Permitir que la besara otra vez… Ceder al deseo que él despertó en ella… Ser tan atrevida, ávida, desvergonzada, irreflexiva… Dejar que la acariciara hasta…

–Buenos días, milady.

Moira se detuvo y miró a Lillibet MacKracken, de once años, con un vestido de algodón remendado mil veces, la cara bronceada y unos tobillos muy delgados que sobresalían de unas botas demasiado grandes para ella. La niña le sonrió tímidamente desde delante de la sombrerería.

–¿Qué tal estás, Lillibet? –le preguntó Moira olvidándose por un momento de sus problemas.

–Muy bien, señori… milady –contestó Lillibet sonrojándose.

La niña empezó a retroceder hacia la sombra de la tienda, como si temiera que la vieran hablando con ella.

Si se tenía en cuenta quién era su padre, eso era muy posible.

–¿Todavía vais a hacer el colegio, milady?

–Sí, Lillibet. Ya han empezado a trabajar en él –Moira señaló con la cabeza hacia una arboleda que había al norte del pueblo–. Allí, en la arboleda. Puedes ir a verlo si quieres. Cuento con que seas una de las alumnas.

–No, milady… Mi padre dice que el colegio es una pérdida de tiempo para las personas como nosotros. Tenemos que salir a ganar dinero. A lo mejor, Jackie puede ir algún día. Es muy listo, milady.

Jackie tenía tres años. Si tenía en cuenta cuánto se oponía su padre al colegio, podía tardar todo ese tiempo en convencerlo para que cambiara de opinión.

–Espero que cuando esté construido y otros niños empiecen a ir, él decida mandar a todos sus hijos.

Lillibet asintió con la cabeza, pero Moira captó la incredulidad en los ojos color avellana de la niña.

–Será mejor que me vaya a casa.

La niña esbozó una reverencia y se alejó corriendo. Moira la observó y deseó poder convencer a su padre de que la educación no era una pérdida de tiempo. Aprender era como abrir una ventana a un mundo más amplio y eso no podía tener nada de malo.

Más decidida que nunca a construir el colegio y a convencer a Jack MacKracken y a los otros padres de que sería provechoso para sus hijos, se dirigió hacia el establo y se dio cuenta de que no había nadie fuera, como tampoco había nadie fuera de la taberna, donde siempre había tres o cuatro hombres reunidos si no estaba lloviendo.

Se detuvo y miró alrededor hasta que vio a un grupo de hombres en un prado cercano. Parecían inquietos, pero no alterados. Entonces vio un cuadrilátero vacío y señalado con cuerdas y estacas. Eso solo podía significar una cosa: iba a haber un combate de boxeo.

Se alegró de que su padre no hubiera querido ir al pueblo. Un combate de boxeo siempre terminaba con bebida para celebrar la victoria si ganaba el hombre por el que había apostado o para consolarse si había perdido. Esperó que Jem y los dos lacayos no estuvieran entre la multitud, aunque podría sacarlos de allí si tenía que hacerlo. Aun así, primero miraría si estaban en el establo.

Mientras se dirigía hacia allí, la puerta de la taberna se abrió y salieron dos hombres. Uno era sir Robert McStuart y el otro solo iba vestido con una falda escocesa. Tenía que ser uno de los boxeadores. Era fuerte, con espaldas anchas y brazos musculosos. Además, la falda permitía ver unas piernas poderosas. Iba descalzo, y recordó que su padre había comentado una vez que pelear descalzo facilitaba mantener el equilibrio. No llevaba sombrero y su pelo ondulado color caoba… Se quedó boquiabierta. ¡Era Gordon McHeath! Se escondió en el portal más cercano para mirarlo con detenimiento. Los abrazos que se habían dado solo le habían dado una idea muy leve del magnífico cuerpo que ocultaban sus ropas. El deseo se despertó renovado. Parecía una estatua griega o romana, pero de carne y hueso y vibrantemente viva.

Cuando los dos hombres cruzaron la calle, se dio la vuelta y los siguió hacia la pradera como si sus pies tuvieran voluntad propia.

Capítulo 9

Moira no había recorrido ni diez metros cuando se detuvo. Sería absolutamente inadecuado que una mujer viera un combate de boxeo. Como ya había bastantes habladurías sobre ella, tenía que evitar hacer cualquier cosa que pudiera provocar más susurros, miradas de soslayo e insinuaciones nada sutiles, por mucho que quisiera ver si Gordon McHeath iba a participar en un combate. Después de verlo correr ladera abajo y levantarse de la caída con elegancia atlética y, sobre todo, después de verlo medio desnudo, estaba segura de que podía salir airoso de un ring o de cualquier otro sitio. Aun así, sería apasionante ver el combate…

No, no podía. A regañadientes, volvió a dirigirse hacia el establo, hasta que vio que las tres brujas entraban en la sombrerería.

Lo primero que pensó fue que habían visto a Gordon McHeath. Lo segundo, que Sarah Taggart era una buena amiga de la sombrerera, cuya familia vivía en el segundo piso. Sarah y sus amigas debían de estar pensando en ver el combate desde alguna ventana. Lo tercero fue que le fastidiaba no poder ir con ellas.

Suspiró, pasó delante de la sombrerería y cruzó el callejón que la separaba de la librería. Era muy parecido al callejón en el que había estado con el señor McHeath, pero había unas cajas de embalaje vacías al fondo, donde también había un techado adosado a la sombrerería. Moira se detuvo y lo miró con detenimiento. Si apilaba algunas cajas, podría subir al techado y desde allí pasar al tejado de la sombrerería para ver el combate. No sería muy propio de una dama, pero si tenía cuidado, nadie podría verla encima del tejado.

Miró alrededor y comprobó que nadie estaba mirando hacia allí. Todo el mundo estaba pendiente del combate o intentando conseguir una ganga. Algunos de los comerciantes o tenderos ya estaban recogiendo y Sam Corlett había retirado casi todos los adornos del carromato mientras miraba con impaciencia hacia el gentío que estaba reuniéndose en el prado.

Moira entró en el callejón, se alegró de haber trepado tanto por los almacenes de su padre y empezó a apilar la cajas que debieron de contener libros. Cuando tuvo suficientes, se levantó la falda y la enagua y apoyó la bota en la caja inferior. Contuvo el aliento, se agarró a la caja más alta que alcanzó y subió. El montón se movió un poco, pero no se cayó. Pudo alcanzar el borde del techado, se agarró con fuerza y subió una caja más. Así hasta que se subió al techado.

Se detuvo para recuperar el aliento y se puso a gatas. Las faldas no iban a facilitarle el resto del plan, pero después de tanto trepar, había aprendido algunas cosas sobre cómo apañarse con ropa de mujer. Después de cerciorarse de que no había nadie en el callejón, se levantó las faldas hasta medio muslo y se hizo un nudo con ellas al costado. Se arrugarían, pero esperaba que solo se diera cuenta el servicio cuando volviera. Entonces, se dirigió con cuidado hacia el tejado de la sombrerería. Tenía que ir despacio porque sería un desastre que se cayera o que tirara un trozo de pizarra. Evidentemente, ya no era tan fuerte como antes, pero no iba a permitir que su debilidad la venciese. Por fin, llegó a lo más alto del tejado. Podía ver el prado como si fuese un pájaro.

–¿No os parece maravilloso?

La voz de Sarah Taggart le llegó como si estuviera sentada a su lado en el tejado. Al parecer, habían abierto la ventana de debajo para ver mejor.

–Ganará. Estoy segura, aunque sea contra el Titán –aseguró Emmeline Swanson.

Moira estuvo a punto de caerse. Todo el mundo de Dunbrachie y los alrededores había oído hablar de ese boxeador, que pesaba como ciento veinte kilos y había dejado un reguero de huesos rotos y moratones sin haber perdido un combate. ¿Contra ese hombre iba a boxear Gordon McHeath? ¿Se había vuelto completamente loco?

Gordon acompañaba a un Robbie, nervioso y bastante bebido, hacia el ring improvisado mientras pensaba que nunca debería haber aceptado eso independientemente de la apuesta que hubiera hecho y de que si ganaba el combate, su amigo se olvidaría de la demanda. Tendría que haber encontrado una manera mejor de evitar la demanda o, sencillamente, haberse negado a seguir representando a Robbie y haberse marchado a Edimburgo inmediatamente. Haber ido a Dunbrachie estaba siendo un error tan grande como haber creído que Catriona McNare lo quería. Estar a solas con lady Moira era, evidentemente, uno mayor todavía.

También debería haber conservado la camisa y el pantalón en vez de aceptar la oferta del tabernero para que se pusiera esa vieja falda escocesa. Habría ido más abrigado y recatado y, además, ¿qué habría importado que se estropeara una camisa y un pantalón con el barro que iban a pisar?

—Yo te daré el agua –le recordó Robbie mientras se acercaban a la multitud de hombres–. El hijo del tabernero será tu segundo. Ha ido a buscar un cubo y una esponja.

Gordon asintió con la cabeza sin prestar atención. El segundo hincaba una rodilla en el suelo para que el boxeador pudiera sentarse en el otro muslo entre los asaltos, asaltos que solo se detenían cuando uno de los boxeadores tumbaba al otro.

Esperó que fuese un combate corto y, gracias a Dios, lady Moira no estaba allí para presenciar ese bárbaro espectáculo. Al menos, esperaba que no estuviera porque no iba a mirar entre el gentío, si la veía... Si la veía, la suerte estaba echada y no podía hacer nada.

—Bueno, ¿dónde está tu campeón? –preguntó Robbie al hombre del chaleco amarillo.

A la luz del día parecía más desaseado todavía, tenía una barba incipiente, una mirada torva y un sombrero pringoso metido hasta las orejas. A su lado estaba un joven alto y delgado de diecimuchos años, con un abrigo de lana marrón y un sombrero, que sujetaba un cubo con un cazo dentro. A sus pies había otro cubo con una esponja muy grande para enjugar la cara del boxeador. Al otro lado estaba un hombre bajo y corpulento en cuyo muslo podrían sentarse lady Moira y lady Catriona a la vez.

–Empecemos de una vez –pidió Gordon con ganas de acabar lo antes posible.

–Tienes ganas de que te rompan la nariz, ¿no? –preguntó el hombre desaseado con una risa gélida–. Es la especialidad de Titán y estará encantado de complaceros.

Robbie no le había dicho nada de su contrincante ni él se lo había preguntado, algo que había sido otro error descomunal, se dio cuenta Gordon con una sensación atroz en las entrañas. Aun así, Gordon replicó en un tono de voz impasible.

–¿Titán? ¿Como un dios mitológico? ¿Tengo que suponer que mi contrincante es un ser sobrenatural?

–Da igual cómo lo llamen –intervino Robbie demasiado deprisa–. Puedes derrotarlo con los ojos cerrados.

–Podéis intentarlo –replicó el hombre del chaleco amarillo con una sonrisa de suficiencia–, pero no lo llaman Titán porque sea un alfeñique –señaló al otro lado del ring con la cabeza–. Ahí viene.

Gordon deseó con toda su alma no haber aceptado la pelea cuando vio al hombre que llamaban Titán. Quizá no hubiese pasado por un dios del Olimpo, pero si le hubiesen dicho que era un hijo de Hércules, podría habérselo creído. Medía por lo menos dos metros y pesaba más de ciento veinte kilos. No solo eso, además, al parecer, ni un gramo de ese peso era de grasa. Sus ojos eran dos rendijas diminutas en una cara muy ancha, era calvo como un huevo y la cabeza tenía esa misma forma. Como Gordon, solo llevaba una falda escocesa e iba descalzo. Era, sin duda, el contrincante más grande y amenazador que Gordon había visto en su vida.

Titán fue al centro del cuadrilátero y miró a Gordon con una ceja arqueada como si se preguntara si eso era lo mejor que podían enfrentarle a él. Gordon, también en silencio, se acercó a su enorme adversario, pero, en vez de mirarlo de frente, lo rodeó para intentar buscar algún punto vulnerable y para que Titán tuviera que estirar el cuello si quería ver lo que estaba haciendo.

La multitud se quedó en silencio. Titán tendió la mano, Gordon se la estrechó y, al soltársela, el combate empezó.

Titán empezó a agitar los largos brazos inmediatamente. Gordon, con los puños en alto, retrocedió. Afortunadamente, era ligero de pies, más ligero que lo que podía ser un hombre del tamaño de Titán. Sin embargo, no podía dar por supuesto que eso sería una ventaja definitiva cuando el otro hombre tenía esa envergadura, fuerza y experiencia, así como una falta total de reparos en romper la nariz del contrincante o cualquier otro hueso.

Titán volvió a soltar el brazo derecho. Gordon lo esquivó, giró y lanzó un puñetazo a la zona lumbar del gigante. Fue un golpe muy fuerte, pero el otro hombre casi ni lo notó.

Gordon retrocedió con elegancia y Titán lo siguió con un movimiento más rápido de lo que se había esperado. Casi lo alcanzó en el rostro y Gordon consiguió esquivar el golpe solo por instinto. Evitó una segunda acometida y lanzó al puño a la mandíbula de Titán. No le tocó, pero su forma de retroceder dio ciertas esperanzas a Gordon. Algunos hombres podían encajar golpes en cualquier lado menos en la mandíbula y un puñetazo fuerte allí los dejaba fuera de combate.

El único inconveniente era alcanzar el rostro, que era la zona más fácil de defender. Si consiguiera cansar a Titán, le costaría más defenderse. Para eso, tenía que moverlo constantemente… y él permanecer en pie, algo complicado cuando tenía que ir de un lado a otro y agacharse y levantarse constantemente para esquivar los imponentes puños de Titán.

Titán fue llevándolo hacia un rincón y golpeó a Gordon en el hombro derecho. Gordon cayó de espaldas.

–¡Fin del asalto! –gritó Robbie.

Un chico de unos dieciséis años y Robbie se acercaron corriendo, lo ayudaron a levantarse y lo acompañaron al rincón. Se alegró mucho de poder sentarse, recuperar el aliento y dar un buen sorbo de agua del cazo que le entregó Robbie.

–Es tuyo, Gordo –le susurró Robbie al oído–. Es lento como una tortuga. ¡No podrá aguantarte mucho tiempo!

Gordon dudó que Robbie hubiese estado viendo el combate y él tampoco iba a aguantar mucho tiempo a Titán.

–Cuidado con sus puños –añadió Robbie.

Gordon ni se molestó en replicar a un consejo tan innecesario. Echó una ojeada al público y no vio caras conocidas ni, desde luego, ninguna de mujer. Luego, miró al cielo para ver el tiempo que podría hacer. Calculó que eran las dos de la tarde y que todavía haría más calor.

Al bajar la mirada, vio algo que le hizo pensar que estaba alucinando aunque no le habían golpeado en la cabeza. Si no estaba alucinando, alguien que llevaba un sombrero como el de Moira estaba tumbado en el tejado de una tienda al otro lado del parque. Parpadeó y se frotó los ojos, pero Robbie volvió a levantarlo antes de que pudiera mirar otra vez. El segundo asalto empezó.

–No puede durar mucho más, ¿verdad? –preguntó Mabel Hornby.

Moira, todavía tumbada en el tejado, se preguntó lo mismo mientras miraba a los dos hombres que volvían a girar uno alrededor del otro. El combate ya había durado al menos una hora a juzgar por cómo habían cambiado las sombras. Gordon McHeath y su contrincante estaban sangrando y amoratados. Los dos habían tumbado al otro más de una vez, pero el señor McHeath había besado el suelo menos veces que el llamado Titán. Este era enorme y todo músculos, pero, afortunadamente, el señor McHeath era más rápido de pies, podía esquivar muchos golpes y los pocos que conseguía conectar eran más efectivos.

Sin embargo, en ese momento, los dos hombres daban señales de cansancio y temió que McHeath llegase a estar tan agotado que no pudiera eludir algún puñetazo demoledor de los imponentes puños del Titán.

Ella, además, no debería quedarse mucho más tiempo allí o su padre empezaría a preguntarse dónde estaba. Sin embargo, tampoco quería marcharse sin saber quién había ganado el combate. Esperaba que fuese el señor McHeath. Aunque parecía superado, seguía aguantando bien o, al menos, eso quería creer ella.

–Papá me contó que hubo un combate que duró cincuenta asaltos –comentó Sarah Taggart como si quisiera que ese combate durase al menos lo mismo.

–¡Caray! –exclamó Mabel Hornby–. Espero…

Fuera lo que fuese lo que esperaba, no pudo saberlo porque la multitud dejó escapar un grito cuando el señor McHeath, con un vuelo de la falda, esquivó otro puñetazo dirigido a su cara.

Nadie gritó tan fuerte ni con tanto entusiasmo como Robbie. A juzgar por el color de su rostro y por los sorbos que daba de una jarra, no estaba solo emocionado, estaba borracho. A Moira no le extrañaría que también hubiera apostado por el resultado. ¿Cómo había podido pasar por alto su debilidad durante tanto tiempo? ¿Cómo había podido estar tan ciega que no se dio cuenta del tipo de hombre que era cuando lo conoció en el baile que dieron al poco tiempo de llegar a Dunbrachie? Aunque el título era algo nuevo y deslumbrante y él era encantador y adulador, debería haber prestado más atención y haber tenido más cuidado. Al menos, nunca había llegado a estar en la intimidad con él, solo se habían dado algún beso en la mejilla. Se dijo que Robbie estaba tratándola como se tenía que tratar a una dama y que ella debería estar satisfecha. Después se dio cuenta de que, seguramente, no la deseaba demasiado. Además, esa misma mañana había comprendido lo poco que ella había deseado a Robbie en comparación con el deseo que el señor McHeath despertaba en ella. Aun así, si no se hubiera prometido a Robbie y luego hubiese roto el compromiso, quizá nunca hubiese conocido a Gordon McHeath. Él nunca la habría ayudado ni la habría besado ni se habría encontrado con él en un recóndito callejón ni hubiese descubierto que, aunque debería ser su enemigo, solo quería…

Titán dio un puñetazo a McHeath en el abdomen. Moira contuvo el aliento cuando el abogado cayó de rodillas. Sin embargo, acto seguido, McHeath lanzó un puño que alcanzó al gigante en la mandíbula. Titán se tambaleó. McHeath se levantó de un salto y empezó a golpearlo en la cara y el pecho hasta que lo tumbó de espaldas y con los ojos cerrados. Movió las piernas y Moira temió que volviera a levantarse, pero fue como mirar a un hombre que intentaba nadar en el suelo, hasta que cedió y se quedó quieto.

¡Había ganado! ¡McHeath había ganado!

Él se apartó del contrincante caído mientras Robbie gritaba de alegría como si hubiese ganado el combate y sin importarle lo maltrecho que pudiera estar su amigo.

Las tres brujas se pusieron a reír y a hablar de la victoria del señor McHeath y ella empezó a bajar cautelosamente del tejado. Tendría que buscarse una excusa para explicar el estado de su ropa, aunque fuese a la doncella, pero eso le daba igual. Había merecido la pena arrugar el vestido para ver ganar a McHeath... que solo llevaba una falda escocesa.

—Habéis salido mejor parado de lo que habría podido imaginarme —comentó el médico de pelo canoso mientras terminaba de untar un ungüento en el ojo de Gordon.

Aunque el doctor Campbell, bajo y grueso, parecía más un carnicero o un panadero, se movía con destreza y sus gestos eran delicados. Gordon se alegró al darse cuenta de que, además, tenía las manos limpias y la barba bien recortada. También transmitía un aire de serenidad y competencia que Gordon agradeció mientras se sentaba en la cama de la habitación del piso superior de la taberna.

La risa de Robbie, las expresiones de alegría y el olor a carne asada y beicon llegaban a través de los tablones de suelo. Gordon había vuelto a ponerse su ropa y la falda escocesa estaba tirada en el suelo manchada de barro.

—Nunca me habría imaginado que un abogado también quisiera ser boxeador. Suponía que bastantes conflictos tendríais en los tribunales o negociando contratos —siguió el médico con una sonrisa irónica.

–Así es –reconoció Gordon con un leve gesto de dolor–. La idea de combatir no fue mía.

–Ah… –el médico frunció el ceño–. ¿Fue de sir Robert?

–Sí.

El médico se apartó y lo miró con seriedad.

–Un consejo. He conocido a muchos como sir Robert y no solo saben descarriarse ellos, también arrastran a los demás. Yo tendría mucho cuidado si fuese vos.

–Lo tendré –aseguró Gordon con otro gesto de dolor cuando el médico volvió a tocarle el ojo–. Sobre todo, después de esto.

–Mejor. Tuvisteis mucha suerte de que no os pasara nada peor. No tenéis ningún hueso roto, solo algunos cortes y moratones. He atendido a otros que pelearon contra Titán y salieron mucho peor parados.

–¿Cómo está Titán? Espero que no esté mal –le preguntó Gordon.

–No le pasa nada –contestó el médico mientras guardaba sus cosas en el maletín–. Está en el bar con sir Robert. Aunque no creo que hable mucho del combate de hoy y, probablemente, estará reviviendo glorias del pasado.

Gordon se levantó lentamente y sacó la cartera de su chaqueta.

–¿Cuánto os debo?

El médico dijo una cantidad aceptable y Gordon se la pagó sin rechistar.

–Estaréis un poco dolorido durante unos días, pero, aparte, pronto os habréis repuesto completamente –le comentó el médico–. Buenos días, señor McHeath y que tengáis un buen viaje de vuelta a Edimburgo.

–Gracias, doctor.

El médico se marchó y Gordon empezó a bajar las escaleras. A juzgar por las voces, Titán no estaba solo abajo. Robbie, evidentemente, había bebido más, algo que fue más evidente todavía cuando entró en el bar y vio a Robbie repantingado en una butaca junto al fuego y con una camarera en el regazo.

Capítulo 10

–¡Gordo! –gritó Robbie quitándose a la camarera del regazo e incorporándose en la butaca.

La camarera pecosa, en vez de molestarse por el trato, se rio y fue hasta un barril para servir más cerveza a una mesa que reclamaba su atención.

–Veo que ya te han curado –dijo Robbie mirando a Gordon con satisfacción–. Ven a beber algo por la victoria, a mi cuenta, naturalmente.

–Robbie, tenemos que irnos –replicó Gordon preguntándose si le quedaría algo de sus ganancias.

–¡La tarde acaba de empezar! –se quejó Robbie dejando el vaso con un golpe–. Iba a contarles cuando robaste ese dinero y…

–Preferiría que no lo hicieras –le interrumpió Gordon tajantemente–. Estoy cansado y dolorido y tú ya has bebido más que suficiente.

Robbie frunció el ceño amenazadoramente y Gordon se dio cuenta de que no debería haber hablado precipitadamente ni haberse dejado llevar por la desesperación.

–Puedes irte si quieres, pero yo me quedo –insistió

su amigo con una mirada de obstinación que Gordon
conocía muy bien.

Cuando Robbie miraba así, ninguna fuerza celestial
o terrenal podía conseguir que cambiara de opinión. Se
quedaría a beber hasta que se desmayara aunque tuviera
que quedarse toda la noche.

–Muy bien –concedió Gordon–. Te veré mañana por
la mañana.

Quizá no lo viera porque pensaba marcharse a Edimburgo al amanecer. Sería mejor que Robbie cumpliera
su promesa porque si no… ¿Si no? No tenía autoridad
sobre Robbie ni sobre lo que pudiera hacer. Solo podía
decidir si seguía junto a sir Robert McStuart y no pensaba hacerlo.

Gordon salió de la taberna entre las protestas de
otros clientes y las voces de Robbie que afirmaba que
su amigo siempre había sido un hombre sombrío. Fue
directamente al establo, donde el cochero de Robbie esperaba junto a la calesa acompañado por otros cocheros
y lacayos.

–Sir Robert va a quedarse un rato más –le comunicó
al cochero–. Puedes esperar en la taberna.

–¿Y vos, señor? –preguntó el cochero–. ¿También
vais a quedaros?

–No. Daré un paseo.

Estaba cansado, pero le gustaba andar y la residencia
McStuart estaba tan solo a dos kilómetros. Además,
Robbie iba a necesitar el carruaje más que él.

–La tarde es fría y húmeda y el aire de la noche no
es bueno para nadie –le advirtió el cochero mientras sus
acompañantes asentían con la cabeza–. ¿Estáis seguro
de que no queréis que os lleve? Puedo volver inmediatamente después para recoger a sir Robert.

–No, gracias. Agradezco tu preocupación –añadió Gordon sinceramente–. Conozco el camino y no está lejos. Me arriesgaré con el aire de la noche.

En gran medida, porque sería puro y fresco, no olería a cerveza, humo y carne asada.

–Pero llevaré una antorcha –añadió Gordon.

Uno de los lacayos le ofreció la suya. Gordon la aceptó, le dio las gracias y empezó a caminar calle abajo en dirección a la residencia McStuart.

Efectivamente, la noche era fría y húmeda, pero el cielo estaba tan despejado y la luna tan resplandeciente que no necesitaba la antorcha. Era pesada y tenía los brazos cansados. La apagó en un charco y la llevó agarrándola con la mano izquierda por la mitad del mango. Se levantó el cuello de la chaqueta con la vendada mano derecha e hizo una mueca de dolor. Sus clientes de Edimburgo se preguntarían qué le había pasado a la mano y a la cara, aunque no creía que ninguno de ellos fuese a preguntárselo y él, desde luego, no iba a contárselo.

Flexionó la mano derecha antes de metérsela en el bolsillo. Afortunadamente, podría escribir aunque había derrotado a Titán. Si ese hombre le hubiera golpeado bien en la cabeza, podría haberle hecho muchísimo daño. ¿Qué habría sentido lady Moira si se hubiese enterado de que lo habían herido? ¿Lo lamentaría o pensaría que era lo que se merecía por pelear? Y por representar a Robbie… y por ser su amigo… y por haberla abrazado impetuosa e implacablemente en el callejón. Se detuvo y tomó una bocanada de aire. Desde que Robbie le propuso pelear… no, desde que Robbie le dijo que iba a demandar a lady Moira, había creído que era mejor que él. En ese momento, tenía que afrontar la verdad. No lo era, como había demostrado su lascivo comportamiento con lady Moira. Era tan lujurioso, débil, egoísta y censurable como él.

Una sombra apareció en el camino tapándole el paso. Por un instante aterrador, pensó que era un lobo. No lo era. Tenía la cabeza demasiado grande.

Era un perro que le enseñaba los dientes y gruñía. El mismo perro negro que había perseguido a lady Moira. Gordon agarró la antorcha apagada con la mano derecha. Entonces, se oyó un silbido penetrante. El perro levantó la cabeza, gruñó una vez más y desapareció entre los matorrales. Gordon soltó lentamente el aire. ¿De dónde había salido? ¿Quién era su dueño? Fuera quien fuese, ese perro no debería estar suelto. Le preguntaría al mayordomo de Robbie quién era el alguacil de Dunbrachie y le escribiría para decirle que ese perro era una amenaza. Volvió a ponerse en camino con la antorcha apagada en la mano derecha por si acaso.

No había recorrido ni cien metros cuando vio un leve resplandor por el rabillo del ojo y miró hacia la izquierda, entre los árboles. Efectivamente, había una luz en el bosque, en la misma dirección hacia donde se había ido el perro. Quizá pudiera saber quién era el dueño del perro y qué hacía en el bosque. No iba a abordar directamente a nadie en esas circunstancias, pero podía acercarse lo suficiente para oír voces y, quizá, algún nombre. Podía haber más de una persona con el perro y tendría que tener cuidado de que no lo vieran hasta que supiera qué hacían allí. Dejó el camino cuando encontró un estrecho sendero con surcos recientes de ruedas en el barro y tomó esa dirección. Quizá fuera un campamento gitano, aunque deberían haber estado en el mercado y no había visto ninguno.

Lenta y silenciosamente, se acercó al borde de un claro y vio a dos hombres. Uno llevaba una antorcha, estaba junto a una construcción de piedra con un montón de tablones de madera al lado y era considerablemente bajo, tenía un abrigo marrón sucio y remendado y unos pantalones tan viejos que le colgaban como una bolsa. El otro era más alto, llevaba una chaqueta y unos pantalones que le quedaban mejor, botas y un lazo desastrado. Más llamativo que su ropa era su pelo, tupido y rojo como su barba. El perro estaba al lado del bajo.

–¿A qué estás esperando? –preguntó el alto sin molestarse en hablar en voz baja–. Quémalo. Quémalo todo.

¿Quería que quemara la madera? Eso dañaría la construcción si no la quemaba también. ¿Sería esa su intención? ¿Estaba presenciando los preparativos de un incendio provocado?

Gordon se dio la vuelta para correr hasta Dunbrachie y pedir ayuda cuando algo lo golpeó con fuerza por la espalda. Soltó un gemido de dolor, se tambaleó y dejó caer la antorcha. Entonces, el perro fue a atacarlo con la fiereza de un lobo. Un golpe más lo alcanzó en el hombro. Los otros dos hombres llegaron corriendo entre las sombras tétricas de la antorcha.

Gordon fue a darse la vuelta con el brazo levantado para defenderse, pero una rama bastante gruesa lo golpeó en el costado. Estaba demasiado lento y su atacante, mayor, barbudo y vestido con una ropa de lana muy basta, volvió a golpearlo, esa vez en el muslo. Cayó de rodillas y el perro lo agarró de la manga. Intentó levantarse, pero el perro se lo impidió. Se agachó y se tapó la cabeza con el brazo mientras la rama volvía a golpearlo en el hombro. Abrió la boca para pedir ayuda, pero solo le salió un gemido. Con un esfuerzo sobrehumano, se soltó la manga de los dientes del perro. Tenía que volver al camino. Tenía que volver a la taberna para pedir ayuda. La rama volvió a caer sobre él mientras intentaba levantarse. Esa vez, sin embargo, estaba preparado, agarró la rama y se la arrebató al barbudo, quien lo agarró con todas sus fuerzas. Gordon intentó zafarse y entonces, sintió algo abrasador y doloroso en un costado. El barbudo lo soltó y él cayó de rodillas con la mano en el costado. Estaba sangrando, lo habían apuñalado.

La pesada rama volvió a caer sobre él, lo golpeó en los hombros y Gordon quedó tumbado de bruces sobre el barro. Esos hombres iban a matarlo, a no ser que creyeran que ya estaba muerto.

Casi sin respirar, se quedó muy quieto aunque el perro volvió a agarrarlo de la manga, el costado le sangraba y le dolía la cabeza y todo el cuerpo. Tenía que mantenerse consciente. No se atrevió a abrir los ojos aunque tenía que reunir toda la información posible para poder llevarlos ante la justicia… si sobrevivía.

—Maldita sea, Red —gruñó uno de los hombres con acento de Yorkshire mientras alguien le apartaba al perro—. Lo has matado. Nos colgarán si nos encuentran.

—No nos han pagado para asesinar a nadie —siguió otro hombre con acento de las Midlands—. Teníamos que asustar a una noble, quemar el colegio, que nos pagaran y largarnos, nada más.

¿Era el colegio de lady Moira? ¿Habían pagado a esos hombres para que lo quemaran y para asustar a lady Moira? ¿Quién había podido hacer…? No podía ser Robbie. Él no sería tan vengativo. No había podido cambiar tanto.

—Idos si estáis asustados, pero también renunciaréis a vuestra parte —farfulló el escocés que debía de ser Red.

—¿Quién es? —preguntó el de las Midlands.

Le dieron la vuelta con un pie, como un muñeco de trapo.

–¡Caray! Es el amigo de McStuart, el que derrotó a Titán.

–Quizá piensen que lo ha hecho él –comentó el de Yorkshire.

–¿Que Titán lo ha seguido y lo ha apuñalado? Muy improbable –replicó el de las Midlands–. ¿Qué estaba haciendo?

–Es posible que estuviera borracho. Es posible que crean que le robó un salteador de caminos –dijo el de Yorkshire.

–Si escondemos su cuerpo, podemos cobrar y largarnos antes de que lo encuentren –propuso el escocés.

Sin más comentarios, alguien lo agarró de las muñecas y lo arrastró por el suelo. Fue una tortura. Tenía la camisa empapada de barro y sangre. El hombre lo soltó, lo empujó con un pie y cayó rodando por una ligera pendiente hasta que quedó en una especie de zanja. Se quedó quieto aunque estaba en un charco gélido y empezó a tiritar. Afortunadamente, los hombres no se dieron cuenta, quizá por la oscuridad, y se alejaron.

Helado, mojado y sangrando, intentó no perder la consciencia para oír sus pasos. Entonces, el viento le llevó el olor a humo y el chasquido de la madera al quemarse. Habían prendido fuego al colegio.

Intentó ponerse a gatas. Si pudiera arrastrarse, quizá llegara al camino y pudiera buscar ayuda. Podría salvar el colegio. Tenía que salvar el colegio.

Aunque era medianoche y llevaba su camisón de seda azul cielo, Moira no había podido dormir. No paraba de darle vueltas a la cabeza y ni siquiera había podido tumbarse.

No era la preocupación por su padre y lo que pudiera estar haciendo. Había ido por asuntos de trabajo a Peebles y no volvería hasta el día siguiente por la tarde. Al menos, eso le había dicho Walters, el mayordomo, cuando ella volvió del mercado. Su padre no le había comentado que tuviera que ir a Peebles, pero eso tampoco significaba que fuese a reunirse con alguno de sus amigotes para jugar a las cartas y beber.

Tampoco era la desesperación porque Jack Mac-Kracken y sus amigos no quisieran construir el colegio ni por lo que hubiera dicho Sarah Taggart.

Esa noche no podía dormir porque le desconcertaban los sentimientos del señor McHeath y lo que pasaba cuando estaban juntos… o sola. ¿Qué tenía que acababa con todo el dominio de sí misma? Se preguntó mientras iba de un lado a otro de la enorme habitación que daba a los jardines y al bosque. No podía ser solo su físico, aunque era impresionante. Al fin y al cabo, había conocido a otros hombres muy apuestos, a socios de su padre o a hijos de estos y tenía muchos conocidos en Glasgow. Incluso Robbie McStuart estaba considerado como increíblemente guapo. Aun así, nunca había sentido ni la décima parte del deseo que le despertaba el señor McHeath.

Sin duda, su primer encuentro, cuando el señor McHeath se comportó tan caballerosamente, marcaba alguna diferencia, se dijo a sí misma mientras agitaba las ascuas de la chimenea para que brotaran las llamas. Por la noche, esa habitación no era más acogedora que una cueva aunque hubiera un fuego en la chimenea. Todos los rincones eran oscuros y sombríos a pesar de que estuvieran encendidos lo quinqués de aceite y las velas. Los lastimeros quejidos de los pavos en el jardín aumentaban el ambiente depresivo y ni siquiera los muebles que se había llevado de Glasgow le daban cierto confort.

El armario había sido de su madre y el escritorio se lo regaló su padre cuando cumplió diez años. Una de las butacas que estaban junto a la chimenea había sido de su abuela y su padre compró el paisaje de una montaña gris y violeta que colgaba encima de la repisa de la chimenea.

De día, sobre todo si resplandecía el sol, la habitación era mucho más agradable. Entonces, podía ver los brillantes colores de los pájaros y plantas del papel pintado y el paisaje que enmarcaban los ventanales era muy bonito, no eran postes negros como la tinta.

Sin embargo, era de noche, no de día. Dejó el atizador y se sentó en la butaca de su abuela, la misma butaca donde pasó otras noches de angustia mientras esperaba a que volviera su padre, borracho y muy contento. Siempre estaba contento cuando bebía y siempre estaba de muy mal humor al día siguiente. Se enfadaba u ofendía por cualquier cosa y eso le había costado más de una operación comercial y algún cliente. Si no hubiese sabido negociar tan bien, su negocio se habría resentido, pero, afortunadamente, no se había resentido hasta el momento. Sin embargo, si volvía a incumplir su promesa, ¿cuánto tardaría en resentirse?

Con un suspiro, se levantó y fue hasta la ventana para abrir las cortinas de terciopelo verde con flecos dorados. Si su padre estuviese en casa… Si no hubiese tenido la debilidad de beber… Si no hubiese conocido a sir Robert McStuart ni hubiese aceptado su petición… Si Gor-

don McHeath no hubiese aparecido en Dunbrachie...
Entonces, quizá pudiese tener tranquilidad... aunque
tampoco habría sentido la emoción y la excitación de estar entre los brazos de Gordon McHeath. Nunca había
sentido ese deseo abrasador, esas sensaciones tan increí-
bles...

Agarró con fuerza el borde de la cortina. No debía
pensar esas cosas. Tenía que pensar que Gordon McHeath
era amigo de Robbie McStuart y que estaba ayudándolo a
demandarla aunque pareciera comprenderla.

Por el este, el cielo resplandecía justo encima de
donde estaba su colegio. El edificio estaría terminado
pronto. Naturalmente, el condescendiente señor Stamford podría complicarlo un poco, pero esperaba que hubiese comprendido... El sol no salía por allí. Hacía
años se incendió un almacén en el puerto de Glasgow y
el cielo resplandeció igual

¡Su colegio! Fue corriendo hasta la puerta y la abrió
de par en par.

–¡Fuego! –gritó con todas sus fuerzas–. ¡Mi colegio
se ha incendiado!

Capítulo 11

Llegaron demasiado tarde. Cuando Moira, los lacayos, mozos de cuadras y otros sirvientes varones llegaron a lomos de caballo y en un carromato, solo quedaban unos muros negros por el humo, las vigas carbonizadas y los restos humeantes de la madera que iban a emplear.

Moira miró las ruinas e intentó consolarse al comprobar que muchos hombres del pueblo habían acudido para intentar apagar el incendio. Estaba claro que se habían levantado precipitadamente de la cama, se habían vestido de cualquier manera y habían llevado cubos y palas.

Como era evidente que no se podía hacer nada más, empezaron a marcharse. Algunos le expresaron su tristeza, pero la mayoría se marchó sin hablar con ella y la dejaron con su dolor.

—Es espantoso, pero podría haber sido peor, milady —la consoló el lacayo principal—. Gracias a Dios, los árboles y los matorrales estaban húmedos por la niebla y alejados del edificio, si no, esta noche habría ardido algo más que vuestro colegio.

–Sí. Habría podido ser mucho peor –concedió ella–.
Me alegro de que no haya nadie herido.

–Supongo que habrán sido unos vagabundos o unos
gitanos que se han cobijado ahí y la fogata se les ha ido
de las manos –siguió Jem señalando el montón de ceni-
zas que fue madera para la construcción–. Parece que
empezó ahí.

–No he visto gitanos ni he oído que los hubiera por
aquí –replicó Moira frotándose los brazos por el frío–.
No había ninguno en el mercado.

–Entonces, vagabundos –dijo Jem asintiendo vigoro-
samente con la cabeza.

A ella le gustaría estar tan segura de que algún vagabundo había incendiado accidentalmente el edificio.
Desgraciadamente, había oído demasiados rechazos al
colegio como para no pensar que podría haber sido alguien de Dunbrachie, como Jack MacKracken. ¿Habría
llegado tan lejos? ¿Habría estado dispuesto a correr el
riesgo de que lo encarcelaran o, incluso, de que lo colga-
ran si hubiese ardido algo más que el colegio? Si hubiesen ardido los árboles, también podría haber destruido
las casas y las tiendas. Había más gente en Dunbrachie
que pensaba que el colegio era un error. ¿Habría llegado
la furia de alguien tan lejos como para arriesgar todo eso
solo para que no se hiciera el colegio?

¿Sería tan vengativo el amargado Robbie? ¿Se habría equivocado tanto sobre su naturaleza?

–¡Milady! ¡Por aquí! –gritó uno de los lacayos desde
el borde del claro–. ¡Hay alguien en la zanja!

Moira le levantó la falda, fue corriendo y bajó hasta
el fondo embarrado. El lacayo estaba inclinado sobre un
hombre que estaba tumbado bajo un matorral con la
ropa empapada de barro y el pelo… Reconoció ese pelo.

–¡Es el señor McHeath! –gritó ella arrodillándose a su lado y dándole la vuelta.

Él dejó escapar un gemido. Estaba vivo gracias a Dios. Sin embargo, tenía un corte ensangrentado encima del ojo derecho y la barbilla y mejillas amoratadas. Peor aún, tenía una enorme mancha de sangre en la camisa.

–Jem, busca algunas tablas y ramas para hacer una camilla –le ordenó ella al lacayo mientras levantaba la cabeza de McHeath para apoyarla en su regazo–. Manda también a uno de los niños para que vaya a buscar al médico y lo lleve a la casa. ¡Deprisa!

–Sí, milady.

–Que alguien vaya a buscar al alguacil también –añadió ella mientras apartaba el pelo embarrado de la cara de Gordon McHeath.

–Vais a poneros bien –susurró ella mientras le miraba la cara amoratada y cortada–. ¡Vais a poneros bien!

–¡Faltó bien poco! –exclamó Rafe tumbado en un montón de heno que había en el altillo de un pajar abandonado en las tierras del conde de Dunbrachie–. No había corrido tanto desde que casi me pillan robando carteras en York.

–No habría pasado nada si no hubiese aparecido el abogado –añadió Red MacCormick sentándose en una esquina.

–Esperemos que no lo encuentren pronto.

Charlie le tiró un mendrugo de pan a su perro. El animal se lo comió de un bocado y se sentó sobre las patas traseras.

–¿Hasta cuándo crees que vamos a tener que quedarnos aquí? –preguntó Rafe rascándose la picadura de una pulga.

–Hasta que llegue el hombre con el dinero –contestó Red.

–¿Mañana?

–Es posible –volvió a contestar Red mientras secaba el puñal con un puñado de heno seco–. Tendrá que esperar hasta que nadie lo vea.

–Será mejor que se dé prisa, a no ser que tengas comida escondida por aquí –replicó Rafe entre toses.

–Si no viene hoy, iremos a buscarlo –dijo Red señalando con la cabeza al mayor de todos–. Charlie sabe entrar en las casas. Puede meternos.

Charlie frunció el ceño y le tiró otro mendrugo de pan a su perro.

–No creo –replicó en un tono grave y áspero.

–¿No puedes o no quieres? –le preguntó Rafe.

–Es demasiado arriesgado –contestó Charlie–. Hay demasiados sirvientes.

–Entonces, esperaremos aquí –concluyó Red.

–Y nos atraparán y no tendrá que pagarnos. ¿No lo habíais pensado? –preguntó Rafe con acritud.

–Es de fiar –le rebatió Red–. Pero si quieres vivir como un vagabundo el resto de tu desdichada vida, lárgate y buena suerte.

–No sin el dinero que me prometieron –Rafe se levantó–. No cuando pueden colgarme por ayudaros.

Red también se levantó con el puñal en la mano. Rafe empezó a sudar y retrocedió hacia el borde del pajar.

–Solo quiero lo que es mío, lo que me prometieron. Dijiste que era dinero fácil. Entonces, ¿dónde está?

Charlie farfulló algo entre dientes.

–¿Qué has dicho? –le preguntó Rafe mirando al hombre con el puñal y al amenazador perro.

–He dicho que si te dejáramos marchar, quizá nos entregaras a cambio de una recompensa –contestó Charlie.

Rafe sacudió la cabeza y retrocedió un poco más.

–Solo quiero salir vivo de aquí y no volver a veros.

–Creo que no podemos dejar que hagas eso, ¿verdad, Charlie? –preguntó Red mirando de soslayo a su compañero.

–No –contestó Charlie mientras se levantaba y se quitaba el cinturón de cuero.

El perro empezó a gruñir. Red se acercó más y Charlie se enrolló el cinturón en la mano derecha. Rafe retrocedió otro paso más hasta el mismísimo borde. Extendió los brazos para intentar mantener el equilibrio, pero no lo consiguió. Dejó escapar un grito y cayó.

A la mañana siguiente, el sol entraba por las ventanas de la casa del conde de Dunbrachie. En el exterior, los pájaros cantaban y las ovejas pastaban como si nada hubiese pasado la noche anterior. Dentro, los sirvientes hacían sus cometidos casi como si fuese un día como otro cualquiera, pero no del todo. Se hacían muchas conjeturas en cuanto dos o más se encontraban y susurraban apresuradamente sobre el incendio y el hombre que llegó en el carromato con el regazo de lady Moira como almohada y algo parecido a sus enaguas alrededor del torso.

Cuando Moira y el señor McHeath llegaron a la residencia del conde después de lo que había sido el viaje más espantoso de su vida, Moira ordenó a sus sirvientes que llevaran al señor McHeath al dormitorio azul, el más amplio de la casa aparte del de su padre. Hizo lo que pudo para limpiarle el barro y la sangre de la cara con agua y paños limpios. Había empleado su enagua para cortarle la hemorragia antes de sacarlo de la zanja y le dio miedo quitársela o hacer algo hasta que llegara el médico.

Llegó como hacía una hora y llevaba yendo de un lado a otro de la salita desde entonces. Esa había sido su habitación favorita. Había elegido un papel pintado con plantas verdes y los muebles eran de roble claro con incrustaciones de caoba. El sofá y las butacas estaban tapizados con seda verde claro y en las paredes colgaban cuadros con paisajes del campo escocés. Allí creyó que iba a empezar una vida nueva, cómoda y fácil, llena de bailes y fiestas. Allí se atrevió a esperar que su padre nunca volvería a beber demasiado y que ella sabría lo que era la tranquilidad y la felicidad. Allí le pidió Robbie que se casara con él. Allí rompió su compromiso. Allí, en ese momento y con el corazón en un puño, esperaba noticias sobre si Gordon McHeath viviría o no.

¿Quién lo había atacado y por qué? Quizá hubiese abordado a los que estaban prendiendo el fuego e intentó evitarlo, como acudió en su ayuda el día que se conocieron. Independientemente de lo que hubiera pasado, ocurrió cerca de su colegio y se sentía responsable. Debía hacer lo que fuera posible por él y lo haría.

Se acordó de la primera vez que lo vio bajando apresuradamente la ladera para rescatarla. Qué atractivo y valiente le pareció, como un héroe de un cuento de hadas. Recordó la primera vez que lo tocó cuando saltó del árbol, la fuerza de sus brazos y la seguridad que parecía ofrecer. Recordó vívidamente la primera vez que se besaron, el arrebato ardiente de deseo y la impresión por la pasión mutua. Fue un beso como ninguno, hasta el segundo. Nunca olvidaría la maravillosa excitación que despertaron sus caricias y la vitalidad de su cuerpo, una vitalidad que tenía que sobrevivir a cualquier herida que le hubiesen infligido.

Un hombre se aclaró la garganta. Se dio la vuelta y vio al mayordomo en la puerta.

−¿El señor McHeath está…?

Ella no pudo terminar la frase ni pensar en cómo terminarla.

−El doctor Campbell dice que ya podéis verlo, milady −contestó Walters.

Moira casi cayó de rodillas por el alivio, pero, como estaba Walters, se limitó a tomar aliento temblorosamente.

−Gracias −dijo antes de salir tan deprisa como le permitió la dignidad.

Una vez en lo alto de las escaleras, se detuvo un momento para tomar aliento antes de entrar en el dormitorio azul. Aunque habían abierto las cortinas de terciopelo para que entrara la luz, no pudo ver inmediatamente ni al señor McHeath ni al médico. Habían puesto un biombo pintado con una escena de caza medieval alrededor de la cama con cortinas azules con ribetes dorados.

El resto de los muebles resplandecían por la luz del sol; el armario de caoba encerado, la mesa junto a la chimenea, el lavamanos al lado de la puerta que daba al vestidor, el cristal de los quinqués… La mullida alfombra amortiguó sus pasos cuando rodeó el biombo.

El doctor Campbell estaba sentado al lado de la cama. Los utensilios, los frascos con ungüentos y el maletín negro estaban sobre una pequeña mesa. En el suelo había una palangana con agua ensangrentada y paños sucios.

Miró al hombre que estaba tumbado en la cama. El señor McHeath estaba muy pálido, excepto por los moratones de las mejillas y la barbilla. Le habían vendado el corte que tenía encima del ojo. El pelo, húmedo por el sudor, estaba pegado a la frente. Le habían puesto una camisola y el pecho subía y bajaba por la respiración. Estaba vivo al menos y se aferraría a eso.

–Doctor… –susurró ella para no molestar a ninguno de los dos.

El doctor Campbell la miró por encima del hombro, guardó el frasco que tenía en la mano, se levantó y la miró fijamente.

–¿Qué tal está, doctor?

–Todo lo bien que podía esperarse dadas las circunstancias –contestó el doctor Campbell con seriedad–. Afortunadamente, no tiene ningún hueso roto. Sin embargo, lo han apuñalado y…

–¿Apuñalado? –preguntó ella conteniendo el aliento.

–Sí. Ha perdido mucha sangre. Afortunadamente, el puñal se topó con la costilla y no alcanzó ningún órgano vital o arteria. Si no, estaría muerto.

El doctor la tomó del brazo y la llevó a una butaca junto a la ventana ligeramente abierta.

–Por favor, sentaos, milady.

–Estoy… Estoy bien… –balbució ella aunque se sentía mareada–. Solo estoy…

Aliviada y aterrada. Esperanzada y alterada. Preocupada y consternada. Asustada y contenta.

El médico la miró y tomó su mano con delicadeza.

–Hay algo más, milady. Me temo que ha sufrido una conmoción cerebral. Puede que sea grave o no. Sin embargo, cuanto más tiempo pase inconsciente, más posibilidades hay de que se le haya causado un daño grave. También es difícil decir los daños internos que padece. Las infecciones y la neumonía siguen siendo un riesgo, sobre todo, porque no sabemos cuánto tiempo ha estado expuesto a los elementos. Tiene un poco de fiebre que puede indicar que ya tiene una infección. Si es así, el resultado puede ser fatal.

Fatal… No podía perder la esperanza. No podía. Él tenía que mejorar, tenía que hacerlo.

–También debo deciros que creo que no deberían moverlo durante una semana como mínimo y que debería tener una enfermera. Hay una mujer en el pueblo, la señora McAlvey, que está muy preparada.

Por fin podía hacer algo o, al menos, pagarlo.

–Tiene que hacer lo que sea necesario, doctor, sin preocuparse por el precio.

–Perfecto. En cuanto vuelva a Dunbrachie diré a la señora McAlvey que venga –el doctor esbozó una sonrisa de consuelo–. Tiene que intentar no preocuparse, milady. Es un joven muy fuerte y creo que tenemos motivos para esperar que se repondrá completamente.

Moira asintió con la cabeza. El doctor la dejó junto a la ventana y volvió para guardar las cosas en el maletín con gestos rápidos y eficientes.

–Lamenté enterarme de lo que le pasó a vuestro colegio, milady. ¡Es algo espantoso!

–Mi colegio puede reconstruirse –replicó ella mirando al inmóvil señor McHeath.

–¿Vais a reconstruirlo?

Ella no lo había pensado, pero tomó la decisión después de oír la pregunta. No iba a permitir que unos vándalos acabaran con su sueño.

–Sí.

–Lamento no poder quedarme más tiempo, pero el señor Monroe está muy enfermo y tengo que ir a ver cómo está hoy. Mandaré a la señora McAlvey en cuanto pueda. Entretanto, si el señor McHeath no se ha despertado pronto, intente despertarlo. Si no puede o si se queda dormido y no puede volver a despertarlo después de unas horas, mande a alguien para que vaya a buscarme... o si la fiebre sube.

–Sí, doctor.

Él fue hasta la puerta y se dio la vuelta.

–¿Está vuestro padre por aquí? Quizá debería informarle también sobre el estado del señor McHeath.

–Está fuera por trabajo –contestó ella contenta por una vez de que no estuviera.

Además, aunque estuviera, no querría hablar de nada con el doctor Campbell. Desde que su madre murió al día siguiente de que un doctor diagnosticara que su enfermedad solo era una leve congestión en el pecho, su padre había perdido todo el respeto por la profesión médica y cualquiera que la practicara.

–Entonces, buenos días, milady.

Cuando el médico se marchó, Moira se sentó al lado de la cama y tomó un paño limpio que olía a lavanda, uno de los muchos pequeños lujos que le permitía su nueva vida. Lo mojó en agua fresca y lo escurrió. Iba a humedecerle la frente al señor McHeath cuando él se agitó y habló.

–¿Por qué no me lo dijiste?

Aunque había hablado, tenía los ojos cerrados y no contestó cuando ella lo llamó por su nombre.

–Debiste habérmelo dicho –siguió él moviéndose otra vez.

–Debéis descansar, señor McHeath –susurró ella humedeciéndole la frente–. Estáis herido.

El abrió los ojos repentinamente y la agarró del brazo con una fuerza inusitada. Sin embargo, tenía la mirada perdida y lo que dijo después le confirmó que no sabía dónde estaba ni a quién estaba hablando.

–Te amaba… Creía que te amaba… Pero ya no lo sé… ¿Y Robbie?... ¿Qué le ha pasado a Robbie?

–Él no está aquí –replicó ella sin saber qué hacer.

El señor McHeath empezó a sentarse antes de que ella pudiera hacer algo.

–No te amo. Nunca te he amado. Creí que te amaba, pero no era verdad.

Ella le puso las manos en los hombros y lo empujó con delicadeza para que se tumbara.

–¡Tumbaos, señor McHeath! –le ordenó ella–. ¡Quedaos tumbado!

Él cerró los ojos, jadeó con fuerza y obedeció. Entonces, volvió a abrir los ojos como impulsados por un resorte y, aunque seguían vidriosos y desenfocados, la miró como si estuviera viendo un fantasma.

–¿Catriona…?

Él hizo un movimiento como si fuera a sentarse otra vez y a ella solo se le ocurrió una manera de que se estuviera quieto.

–Sí, Gordon, aquí estoy –dijo ella sentándose en la cama y tomándole la mano–. Tienes que quedarte quieto e intentar dormir para que te repongas.

–Catriona… –él suspiró y cerró los ojos–. ¿Por qué no me dijiste que había otro?

–Calla, Gordon –le pidió ella–. Tienes que descansar.

–¡Debiste habérmelo dicho!

–Shh... –siseó Moira sin soltarle la mano y acariciándole la mejilla.

–Debiste habérmelo dicho –repitió él mirando hacia otro lado–. Creí que me querías, pero todo el tiempo... todo el tiempo había alguien más... –susurró él con aspereza–. No yo... No yo...

Moira volvió a agarrar otro paño para secarle la frente. Fuera quien fuese Catriona, tenía que ser una necia descomunal si había rechazado el amor de Gordon McHeath y había preferido a otro hombre. Ella daría cualquier cosa...

–Tengo que marcharme –murmuró él–. Robbie. Iré a visitar a Robbie. Él es un buen amigo.

Si Robbie McStuart era un buen amigo, a ella le espantaría conocer a uno malo.

–Ella es preciosa y valiente. Está subida a un árbol.

Ella se quedó sin aliento. ¿Esa Catriona se había subido alguna vez a un árbol?

–Quise besarla... esos besos... Moira...

¡Estaba hablando de ella!

–Quiero...

Capítulo 12

¿Qué? ¿Qué quería? Moira, conteniendo la respiración, esperó la respuesta, pero, al parecer, el señor McHeath no iba a volver a hablar ni a despertarse, al menos, inmediatamente.

¿Quién era esa Catriona? ¿A qué se refería cuando decía que solo creía que estaba enamorado? ¿Lo sabría alguna vez? Quizá, no, pero saber la respuesta era menos importante que su recuperación. Si pudiera curarlo con el poder de su mente y su... profundo cariño... Se acordó de cómo comprobaba la fiebre su madre, se incorporó un poco y lo besó con delicadeza en la frente.

¡Le había bajado la fiebre! Iba a comprobarlo otra vez cuando él se agitó un poco, abrió los ojos bruscamente y la miró. Esa vez le pareció que sí la veía.

–¿Moira...? –susurró él.

Nunca se había alegrado tanto de oír su nombre.

–¡Sí! –exclamó ella con alivio y emoción–. ¡Sí, soy Moira! ¡Gord... señor McHeath! ¿Qué tal os sentís? ¿Os duele algo?

–Tengo sed –contestó él pasándose la lengua por los labios.

Ella sirvió un vaso con agua fresca, se sentó al lado de él, le levantó la cabeza y llevó el vaso a sus labios. Él consiguió beber un poco de agua antes de atragantarse. Ella apartó el vaso inmediatamente y volvió a dejarle la cabeza en la almohada.

–¿Qué… ha pasado…?

¿No se acordaba? ¿Era eso una mala señal?

–Os atacaron. Os encontraron cerca del colegio y os trajimos aquí, a la casa de mi padre.

Él cerró los ojos y ella, por un instante, temió que hubiese perdido la consciencia otra vez, hasta que arrugó la frente y volvió a hablar en voz baja.

–Ya me acuerdo. Había dos hombres, uno con una antorcha. También estaba el perro que os persiguió. Iban a incendiar el colegio. Yo… yo iba a buscar ayuda –él abrió los ojos con expresión de angustia–. No lo conseguí, ¿verdad?

Independientemente de que hubiera conseguido ayuda o no, el corazón le rebosó de gratitud por haberlo intentado.

–No –contestó ella en un susurro–. Cuando alguien se dio cuenta de que el edificio estaba ardiendo, ya era demasiado tarde para apagarlo. Siento que quemaran mi colegio, pero siento más que os hirieran.

Él la miró a los ojos un rato mientras ella intentaba encontrar la manera de expresarle su agradecimiento, pero solo se le ocurrió darle las gracias por haberlo intentado. Él miró a los pies de la cama y empezó a moverse como si quisiera levantarse.

–Debería marcharme.

Inmediatamente, ella le puso las manos en los hombros para que se quedara donde estaba.

–No, todavía, no. Son órdenes del médico.

–¿El médico? –preguntó él con el ceño fruncido.

–Claro, llamamos al médico –contestó ella sin soltarle los hombros–. Os han herido gravemente. Tenéis que quedaros durante algunos días, hasta que estéis mejor. Después de lo que intentasteis hacer, nuestra hospitalidad es lo mínimo que podemos ofreceros.

Él dejó de resistirse.

–Sois… muy amable.

Él lo dijo como si ella fuese completamente desinteresada. Le habría gustado que fuese así, pero si era sincera, tenía que reconocer que se alegraba de tenerlo allí, donde pudiera observarlo y cerciorarse de que se repondría, donde pudiera verlo y pasar el tiempo con él antes de que volviera a Edimburgo, lejos de Dunbrachie... y de ella.

–Bueno, ¿dónde está mi jovenzuelo? –preguntó una mujer rolliza, algo mayor y de cara agradable que entró en la habitación como si fuera el capitán de un barco.

Walters, evidentemente alterado, entró detrás de ella.

–Os pido disculpas, milady. He intentado que esperara hasta que la anunciara, pero ella se ha empeñado en subir inmediatamente.

–No necesito que nadie me anuncie –replicó la mujer mientras se acercaba con su viejo maletín a la cama–. Soy la enfermera, naturalmente, la señora McAlvey.

Dejó el maletín y ladeó la cabeza para mirar con detenimiento al señor McHeath, quien también la miraba con detenimiento.

–Puedes retirarte, Walters –dijo Moira mientras miraba a los dos.

Uno era joven, apuesto y cauteloso y estaba enfermo. La otra, mayor, corpulenta, práctica y... ¿sonriente?

—Bueno, tiene mejor aspecto del que me esperaba, dadas las circunstancias.

La señora McAlvey se quitó la capa y se la dio a Moira sin importarle el título. También habló como si el señor McHeath siguiera inconsciente aunque estaba mirándola.

—He visto a muchos peor que él. Estará como una rosa dentro de un par de semanas o así.

—Me alegro de oírlo —comentó el señor McHeath con cierto fastidio porque hablaran de él como si no estuviera delante—. Ya me encuentro mejor.

Por mucho que pudiera fastidiarle al señor McHeath, Moira quiso abrazar a la señora McAlvey. Parecía evidente que había tratado a muchos enfermos y heridos y que se podía confiar en su opinión.

La señora McAlvey, nada molesta por los comentarios mordaces del señor McHeath, soltó una risotada.

—Entonces, es una pena que parezcas un guiñapo —replicó ella en jarras—. Entonces, tú eres el que ganó a Titán. Tienes unos buenos hombros, pero nunca había oído hablar de ningún abogado que se dedicara al boxeo por dinero.

—No me pagaron ni un penique.

—¿No? Por todos los santos, deberían haberte pagado. En Dunbrachie dicen que fue el combate más divertido desde hace mucho tiempo. Aun así, creo que será la última vez. Ninguno de nosotros vamos a ser más jóvenes —la enfermera miró a Moira—. Ahora, milady, por mucho que este joven esté encantado de gozar de vuestra compañía, ha llegado el momento de que os marchéis. Tiene que descansar y vos tenéis que echar una cabezada. El doctor Campbell me dijo que también tenía que ocuparme de que durmierais un poco.

Moira no quería marcharse, pero no creía que pudiera hacer nada más para ayudar al señor McHeath cuando la competente, charlatana y… espontánea señora McAlvey estaba allí.

Estaba cerca de la puerta cuando apareció Walters, más alterado todavía. Ella pensó inmediatamente en un motivo posible, salió precipitadamente del dormitorio azul y cerró la puerta.

—¿Ha llegado mi padre?

—No, milady —contestó él para alivio de ella, aunque le durara poco—. Sir Robert McStuart está abajo y desea veros.

Nunca había estado tan tentada de pedirle al mayordomo que dijera que no estaba en casa. Sin embargo, el señor McHeath era el invitado de Robbie y este se merecía saber que su amigo estaba allí y cuál era su estado. También tenía que decirle que el señor McHeath debía quedarse donde estaba hasta que el médico le diera permiso para marcharse.

Mientras bajaba las escaleras, pensó que Robbie pudo haberse preocupado la noche anterior por no saber dónde estaba su amigo. Quizá hubiera pasado algunas horas angustiosas preguntándose dónde estaba y qué le había pasado, aunque si hubiese sido así, habría enviando a algunos hombres para que lo buscaran, cosa que no hizo. Su sospecha de que Robbie no se preocupó gran cosa por la ausencia de su amigo resultó desdichadamente acertada. Robbie, en vez de estar nervioso y agobiado, estaba junto a la ventana de la sala con las piernas separadas, en jarras y con expresión de enojo. Ella supo dónde había pasado la noche con solo mirarlo a la cara. Estaba demacrado, tenía los ojos irritados y se tambaleaba tanto, que si no había bebido ya esa mañana, sí había bebido lo suficiente la noche anterior como para seguir medio borracho. Su ropa estaba arrugada, como si hubiese dormido con ella puesta, y olía como una destilería.

–¿Qué le ha pasado a Gordon? –preguntó él en cuanto la vio–. Un muchacho del pueblo dijo que lo vio en un carromato que se dirigía hacia aquí y que llevaba la cabeza sobre tu regazo.

Como si el señor McHeath y ella hubieran hecho algo ilícito y como si eso fuese peor que su indiferencia por la seguridad de su amigo al dejar que volviera solo a la residencia McStuart.

–Lo atacaron y lo dieron por muerto cerca de lo que queda de mi colegio.

Robbie la miró fijamente como si no hubiera entendido del todo.

–¿Te has enterado del incendio? El señor McHeath abordó a los hombres que estaban prendiendo fuego a mi colegio e intentó evitarlo. Lo golpearon y apuñalaron.

Robbie, boquiabierto, se dejó caer en el sofá.

–Claro que me he enterado del incendio. Todo el mundo estaba hablando de eso –susurró con la voz ronca, como si le doliera hablar–. Entonces, el chico me contó lo de Gordon. Creí que había acudido a apagarlo y que había aspirado demasiado humo. ¿Dices que lo han golpeado y apuñalado? No estará… No estará… muriéndose…

Ella, al captar su angustia sincera, se ablandó un poco.

–No, gracias a Dios.

–¡Nunca debí dejar que se marchara solo! –exclamó Robbie tapándose la cara con las manos.

–Afortunadamente, está consciente y recibe los mejores cuidados. Creo que estará bien dentro de unos días.

Robbie levantó su rostro afligido y la miró con ojos suplicantes.

–¿Lo dices de verdad?

–Sí. El médico dice que hay motivos fundados para esperar que se reponga.

–Gracias a Dios, gracias a Dios –musitó Robbie mientras se inclinaba hacia delante con las manos juntas como si rezara.

–Supongo que tendrá familia en Edimburgo que debería saber lo que le ha pasado y que su regreso se retrasará.

–¿Qué...? No, los padres de Gordon están muertos y, que yo sepa, no tiene familiares cercanos. Está Mitford, quien se ocupa de sus asuntos durante su ausencia. Gordon me lo contó mientras jugábamos al ajedrez. Le escribiré.

–Gracias, Robbie.

Robbie suspiró y sacudió la cabeza.

–Anoche no debí quedarme en la taberna. Debí haberlo acompañado a casa o haber insistido en que se llevara el carruaje.

Efectivamente, debería haberlo hecho, pero eso no era lo más importante y tenía que hacerle una pregunta aunque dudara de que la respuesta fuese a ser sincera.

–No sabías nada del incendio antes de que se declarara, ¿verdad?

Robbie se puso muy recto, como si le hubiera clavado una aguja, entrecerró los ojos y se puso rojo.

–¿Crees que tengo algo que ver con eso? ¿Crees sinceramente que soy capaz de hacer algo así? –Robbie se levantó de un salto antes de que ella contestara–. Santo cielo, si lo crees, ¡no me extraña que rompieras el compromiso! –Robbie cruzó los brazos y la miró con rabia–. Os aseguro, milady, que, independientemente de lo que penséis de mí, no tuve nada que ver con el incendio ni con lo que le pasó a mi mejor y más querido amigo. Además, se podría sospechar de bastantes personas. Yo podría decir unos cuantos que podrían haber decidido que quemar el colegio era la mejor manera de evitar que la arrogante doña Benévola se hiciera cargo de la educación de sus hijos –él se acercó unos pasos–. ¿Crees que no eres arrogante? ¿Qué es, sino arrogancia, creer que puedes decidir lo que es bueno para los demás?

¡Eso no era lo que ella estaba haciendo! Además…

–¡La educación siempre es beneficiosa!

–No cuando se impone a la fuerza –le rebatió Robbie.

–¡No he obligado a nadie a que haga nada!

–No, te has limitado a conseguir que se sintieran como paletos ignorantes –replicó él con sorna.

¿Era eso posible? ¿Había hecho eso? No había sido su intención.

–Aun así, te permitiste llamarme arrogante y egoísta cuando rompiste nuestro compromiso –siguió él–. Eres igual aunque lo pongas en el estante de las buenas obras –él se acercó más y ella tuvo que retroceder–. Crees que eres mucho mejor que yo… y que todo el mundo. Crees que tienes todas las respuestas y que sabes cómo debería vivir todo el mundo. ¡Pues no es verdad! ¡No sabes nada, bruja presuntuosa e ingenua! Ahora, llévame a donde está Gordon. Va a irse a casa conmigo.

Sus palabras ásperas, injustas y despiadadas no la intimidaron, la espolearon.

–No. El médico ha dicho que no puede moverse.

–¿De verdad? ¿Crees que así vas a evitar que te demande? Te aseguro que no. Te demandaré sin Gordon McHeath.

Nunca había odiado verdaderamente a Robert McStuart hasta ese momento. No era por lo que la había llamado ni por el odio y la furia que se reflejaba en su rostro y en su voz. Era por la acusación de que emplearía esa táctica para evitar la demanda, una acusación hecha sin la más mínima preocupación por el estado de su amigo.

–Vete de mi casa, Robbie –le ordenó ella en voz baja–. Vete y no vuelvas nunca.

–No puedes…

–Puedo llamar a algunos lacayos –le interrumpió ella acercándose al cordón de la campanilla.

Robbie dejó escapar un improperio, se dio media vuelta y se marchó.

Él oyó voces susurrantes. La que más se oía era la de la enfermera, pero también había un hombre a quien no reconoció. ¿Era esa la voz de lady Moira? Efectivamente, era su voz delicada y melodiosa que lo sacaba de un pozo de dolor. Abriría los ojos y vería que lo miraba con… mucho cariño. Abrió los ojos. Efectivamente, estaba a los pies de la cama al lado de un hombre vestido de negro y con expresión sombría. También estaba medio calvo y tenía unas cejas grises y tupidas. Detrás, como un guardián con dos prisioneros y los brazos cruzados sobre su generoso pecho, estaba la señora McAlvey.

–Está despierto –comentó ella.

Sí, lo estaba. El dolor en el costado y la cabeza lo demostraba porque no había sentido dolor en sueños. Primero soñó con Catriona y su maldad. Luego, llegó Moira, valiente y atrevida, que lo besó.

–No queríamos molestaros, señor McHeath –dijo lady Moira–, pero al señor McCrutcheon, el alguacil, le gustaría haceros algunas preguntas, si podéis contestarlas.

Naturalmente. Debería haber esperado que apareciera algún representante de la ley.

–Lo intentaré –contestó Gordon mientras intentaba incorporarse hasta que el dolor se lo impidió–. Supongo que querrá la descripción de los hombres que me atacaron.

–Para empezar –confirmó el alguacil.

–Eran tres –Gordon los describió lo mejor que pudo, incluidos los acentos–. Además, había un perro. Un perro grande y negro –lady Moira se sobresaltó y él asintió con la cabeza–. Sí, el mismo perro. Lady Moira y yo ya nos habíamos encontrado con ese perro –le explicó Gordon al alguacil–. Me encontré con el perro anoche y luego vi unas luces entre los árboles. Quise saber quién era el dueño del perro y me dirigí todo lo silenciosamente que pude hacia la luz porque no sabía si serían unos vagabundos o unos malhechores. Oí a uno de los hombres que ordenaba a otro que prendiera el fuego. Antes de que pudiera ir a buscar ayuda, me golpearon por detrás. Los otros hombres se unieron a la paliza y el pelirrojo me apuñaló. Creí que me matarían si no me hacía el muerto. Me arrastraron hasta la zanja y me abandonaron. Intenté levantarme, pero no pude.

–Estabais malherido –comentó lady Moira en voz baja.

–Y menos mal que no pudiste o habrías muerto con certeza –intervino la señora McAlvey–. Si no te hubieran matado ellos, te habrías desangrado.

–Los oí hablar –siguió Gordon–. Les pagaron para que incendiaran el colegio.

–¿Les pagaron? –preguntó lady Moira con incredulidad–. ¿Quién?

A él le habría encantado poder contestar a esa pregunta para que lo encontraran, lo detuvieran y ella pudiera estar a salvo.

–Lo siento, pero no lo sé.

–¿Pagados…? Eso cambia las cosas… –comentó el alguacil en tono pensativo–. Probablemente no sean de por aquí y por eso nadie lo reconoció.

–¿Habéis atrapado a uno? –preguntó lady Moira con entusiasmo.

Gordon había preguntado muchas cosas a lo largo de su carrera profesional y sabía cuándo alguien había dicho algo que no quería decir. El alguacil acababa de hacerlo.

–Sí, tenemos a uno –reconoció el alguacil–. Al de Yorkshire, a juzgar por el acento.

Gordon también sabía cuándo alguien solo decía parte de la verdad.

–¿Quién es?

–No lo sabemos todavía.

–Creo que ya ha hecho bastantes preguntas por el momento –volvió a intervenir la señora McAlvey–. Este hombre tiene que descansar.

–Una más –replicó el alguacil en un tono tan tajante como el de ella–. Señor McHeath, durante la pelea, ¿teníais algún tipo de arma?

–No.

–¿Les quitasteis alguna o agarrasteis un palo?

–No.

–¿Qué importa si lo hubiera hecho? –preguntó lady Moira–. Tenía derecho a defenderse.

–Sí, lo tenía… y lo empleó.

A Gordon le daba vueltas la cabeza y no consiguió entender lo que había dicho ese hombre.

–¿Qué queréis decir?

–El hombre que encontramos… está muerto.

Capítulo 13

–¿Muerto? –preguntó lady Moira sin salir de su asombro mientras el señor McHeath parpadeaba–. ¿Cómo?

–Al parecer, lo golpearon por detrás –contestó el alguacil.

–¿Creéis… Creéis que yo lo maté? –preguntó el señor McHeath antes de poner los ojos en blanco.

–¡Basta, señor McCrutcheon! –exclamó Moira.

La señora McAlvey se acercó apresuradamente y tocó la frente del señor McHeath, quien abrió los ojos otra vez e intentó hablar, pero fuera lo que fuese lo que quería decir, tendría que esperar.

–Ya habéis contestado bastantes preguntas por hoy, señor McHeath –dijo Moira con firmeza antes de dirigirse al alguacil–. Acompañadme.

–Comprendo que estéis alterada, milady –reconoció el alguacil mientras la acompañaba fuera de la habitación–, pero hay que hacer estas preguntas.

–No ahora, no si significan la recaída del señor McHeath –replicó ella–. ¿Cómo sabéis que fue él quien golpeó a ese hombre? –siguió ella mientras bajaban las escaleras–. Es posible que se hiriera solo al escapar.

El alguacil negó con la cabeza cuando llegaron al recibidor.

–No lo creo. El doctor tendrá que observarlo para decirlo con certeza, pero parece como si lo hubieran golpeado por detrás con algo pesado, con el mango de una pala o un trozo de madera.

–Aunque el señor McHeath lo hubiese matado, ningún tribunal lo consideraría culpable de asesinato ni de homicidio siquiera –afirmó lady Moira mirando al hombre que también era el enterrador del pueblo–. Pasara lo que pasase, lo atacaron unos hombres que estaban cometiendo un delito y estaba desarmado. Evidentemente, fue en defensa propia.

–No digo que no lo fuese, milady –replicó el alguacil como si prefiriera estar en cualquier otro sitio–. Además, yo esperaría que un hombre como el señor McHeath opusiera resistencia, pero tendrá que haber una investigación cuando él pueda declarar.

Al menos, el alguacil estaba dispuesto a ser racional y ella, por lo tanto, también.

–Estoy segura de que estará encantado de declarar cuando pueda –concedió ella en un tono más sereno–. ¿Habéis encontrado algún rastro de los otros hombres que describió?

–No, pero creemos que siguen por los alrededores de Dunbrachie –contestó el señor McCrutcheon con confianza.

Si habían hecho lo que les habían encargado, ella dudaba que siguieran por allí cerca… a no ser que los hubieran pagado para que hicieran más fechorías.

Todo empezaba a ser excesivo. El ataque al señor McHeath, el incendio del colegio, la demanda de Robbie, su padre…

–Si me disculpáis, señor McCrutcheon, me gustaría descansar.

–Claro, milady, estoy seguro de que han sido una noche y un día muy complicados para vos. Solo quiero haceros una pregunta más. ¿Se os ocurre alguien que pagaría para que incendiaran vuestro colegio?

Ella ya había desechado a Jack MacKracken porque el fuego habría podido propagarse por todo Dunbrachie, pero ya estaba completamente segura porque, además, no tenía dinero para pagar a nadie. Si bien Robbie McStuart sí habría podido pagarlos, le había parecido sinceramente impresionado... de que Gordon estuviera herido, no de que hubieran destruido su colegio.

–Sir Robert se enfadó mucho conmigo porque rompí el compromiso.

–No creo que fuera él, milady –replicó el alguacil sin inmutarse.

Ella debería haberse supuesto que un hombre cuya familia llevaba generaciones ejerciendo el poder y las influencias en el pueblo estaría por encima de toda sospecha, por cualquier cosa. No tenía sentido insistir hasta que tuviera alguna prueba.

–Si no es sir Robert, no se me ocurre nadie más.

–Entonces, buenos días, milady. Tendréis cuidado, ¿verdad?

–Lo tendré.

Moira, que se sentía como si llevara semanas sin dormir, volvió a subir las escaleras. Llamó con delicadeza a la puerta del dormitorio azul y la señora McAlvey la abrió inmediatamente.

—Está dormido como un bebé, milady. Puedo despertarlo cuando quiera, no os preocupéis. Va a ponerse bien. Echad una cabezada. No querréis que os vea con ojeras, ¿verdad?

Moira se sonrojó, pero no lo negó. No quería que el señor McHeath la viera con aspecto cansado o alterado. Si fuera sensata, no dejaría que la viera en absoluto, pensó mientras iba a su dormitorio. Se mantendría alejada de él por la tranquilidad de su espíritu… y de su corazón.

—Mucho mejor —afirmó la señora McAlvey mientras arropaba con una manta a Gordon a la mañana siguiente—. Limpio y aseado, más parecido a un caballero que a un boxeador —añadió ella con un guiño.

Él se alegró de oírlo. Bastante había tenido con participar en ese combate. No quería que pareciera como si fuera la manera que tenía de ganarse la vida.

—Estoy segura de que lady Moira se alegrará de verte tan bien.

—Agradezco mucho su hospitalidad y la de su padre también, naturalmente.

—Claro, estás deseando ver al conde —replicó la señora McAlvey entre risas—. No me vengas con esas, jovenzuelo. Llevo veinte años de enfermera y si en tanto tiempo no llegas a conocer a las personas, es que eres tonta. Echa una buena cabezada para que estés resplandeciente cuando llegue milady a verte.

—Es posible que no venga. Seguro que tiene mejores cosas que hacer.

La señora McAlvey rebuscó en el maletín que tenía a los pies y sacó una pequeña manta de punto que estaba haciendo.

–Es posible, pero, aun así, vendrá. Es de las que se preocupa por todos, sobre todo, por quienes se siente responsable, y se siente responsable de ti.

–No debería. Además, lamento sinceramente todas las molestias que le he causado.

–Yo no creo que le moleste cuidarte. Está alterada por su padre. Lleva fuera unos días. Seguramente esté borracho en algún sitio… o no –ella miró a Gordon con una ceja arqueada–. Alguien de tu profesión tiene que poder darse cuenta de que a ese hombre le pasa algo.

–No he tenido el placer de conocerlo.

–Bueno, si lo hubieras conocido, muchachote, sabrías a simple vista que bebe demasiado y que le ha afectado al hígado. Tiene la nariz roja y un tono amarillento en los ojos. Supe que era un borrachín la primera vez que lo vi en el pueblo, como el doctor Campbell. Sin embargo, él no puede hacer gran cosa si ese hombre no va a visitarlo.

Si el conde bebía demasiado, como Robbie, no era de extrañar que Moira hubiera rechazado a su amigo. La compadeció. Había tenido más de un cliente que bebía en exceso y sabía el desastre que era para una familia; la incertidumbre, la amargura, el rencor, el caos, las discusiones, la ira…

Pese al súbito dolor que hizo que contuviera el aliento, se destapó y empezó a levantarse.

–¡Un momento! ¿Qué estás haciendo? –le preguntó la señora McAlvey.

–Levantarme –contestó él.

Se mareaba y le dolía el costado cuando se movía, pero no podía quedarse allí si era una molestia para Moira y le causaba un conflicto con su padre. Al fin y al cabo, él había preparado los primeros documentos de la demanda. Naturalmente, el conde querría que se marchara inmediatamente. El milagro era que Moira no lo hubiera querido.

–¡Ni hablar! –exclamó la señora McAlvey empujándolo para que se tumbara–. Te han dado un buen golpe en la cabeza y te abrirás el corte del costado, ¡pedazo de asno!

Él intentó sentarse otra vez, pero ella lo sujetó y tenía la misma fuerza que Titán.

–¡Tengo que marcharme! –insistió él.

–¡Todavía, no! Ya sabes lo que dijo el doctor. ¿Acaso quieres tener una recaída y, quizá, matarte? ¡Sería una buena manera de agradecérselo a la joven dama! –le regañó la señora McAlvey mientras comprobaba el vendaje del costado–. ¡Te has abierto la herida! Tendré que vendarla otra vez. Va a dolerte, pero es lo mínimo que te mereces por desobedecernos al doctor y a mí.

Con la herida abierta o no, tenía que marcharse.

–¡Estate quieto! –bramó la señora McAlvey mientras empezaba a quitarle el vendaje–. La sangre se ha secado y va a dolerte.

Ella tiró con fuerza, él gritó de dolor y todo se oscureció.

Más tarde, después de que la señora McAlvey le dijera a Moira que no se podía molestar al señor McHeath, pero que podría verlo al día siguiente, ella cabalgaba por el camino que llevaba a su colegio. Como todavía no habían encontrado a esos dos hombres y al perro, Jem y otro lacayo cabalgaban detrás de ella. Quería comprobar los daños antes de reunirse con el señor Stamford para decidir qué iban a hacer.

El sol apareció entre las nubes mientras atravesaban el bosque y el canto de los pájaros rompía el silencio. Se estaba muy bien allí, lejos del polvo y la suciedad de la ciudad. También era un sitio apacible cuando todo iba bien.

A pesar de los acontecimientos recientes, estaba contenta y no solo porque el señor McHeath estuviera reponiéndose. Había llegado una nota de su padre mientras estaba dormida. Aunque solo decía que había llegado bien a Peebles y que volvería antes de que terminara la semana, le tranquilizaba pensar que si estuviera con sus amigotes, no la habría escrito. También estaba segura de que era preferible que no volviera antes de que el señor McHeath hubiera podido marcharse a casa de sir Robert. A su padre no le gustaría tenerlo de invitado.

Sin embargo, le espantaría más todavía enterarse de que su hija deseaba poder cambiarle el sitio a la enfermera del señor McHeath. Quería ser quien le pusiera una servilleta en el pecho antes de que comiera, cambiarle los vendajes, taparlo, hablar o, sencillamente, quedarse sentada en silencio mientras él se curaba.

Vio un pequeño carruaje. Un pequeño carruaje conducido por Sarah Taggart y que llevaba a sus dos amigas. Como de costumbre, la señorita Hornby llevaba un sombrero demasiado adornado y demasiado poco favorecedor. La señorita Swanson llevaba un conjunto verde más bonito y la chaqueta de la señorita Taggart era de una lana delicadísima y de un tono azul precioso. Ojalá su forma de ser fuese tan agradable como su ropa.

Si hubiese ido sola, Moira se habría escondido entre los árboles para eludirlas. Como iba acompañada, tuvo que quedarse donde estaba y ser muy cortés.

—Buenos días, señoritas Taggart, Hornby y Swanson

–saludó cuando el carruaje llegó a la altura de su caballo.

–Buenos días –la saludó la señorita Taggart en nombre de las tres–. Habéis pasado un mal trago, ¿verdad?
Parecéis muy afectada.

Fue como la burla de un lobo disfrazado de cordero
para que pareciera compasión.

–¿Qué tal está el señor McHeath? ¡Espero que no
esté malherido! –intervino la señorita Hornby para romper el gélido silencio.

Moira siempre había pensado que podría ser amiga
de la señorita Hornby si no fuese una seguidora de Sarah Taggart.

–Sufrió unas heridas bastante graves, pero me alegro
de poder decir que está reponiéndose.

–Entonces, ¿os dejará pronto? –preguntó Sarah Taggart con un desenfado malintencionado.

Hizo que pareciera como si el señor McHeath y ella
estuvieran terminando una aventura. Estaba segura de
que había querido ofenderla. Sin embargo, el dardo le
salió desviado. En vez de enojarla, le inspiró la imagen
de ella en la cama con Gordon McHeath. De estar desnuda con Gordon McHeath también desnudo. De acariciarlo, besarlo y…

–¿Os dejará pronto? –repitió Sarah más apremiantemente.

–En cuanto pueda –contestó Moira tranquila gracias
a sus fantasías–. Tiene que esperar a que el doctor
Campbell le dé permiso.

–Qué afortunada sois. Tiene que ser una compañía
fascinante.

–Es un hombre muy interesante –concedió Moira–,
pero, naturalmente, quiero que se reponga lo antes posi-

ble. ¿Vos no? –preguntó Moira con su sonrisa más vacía.

–Claro –contestó Sarah sonrojándose.

–Tenéis suerte de poder tenerlo un poco más –comentó Emmeline como si él fuera un animal de compañía–. Tendrá que reponerse lo suficiente como para poder volver a Edimburgo.

–Solo tiene que reponerse lo suficiente como para poder volver a la residencia McStuart –la corrigió Moira.

–Vaya, ella no lo sabe… –replicó Sarah con una mirada engreída a sus amigas.

–No… –confirmó Emmeline.

–Nosotras acabamos de enterarnos –añadió Mabel, quien se mereció una mirada de censura de Sarah.

–Sir Robert no está en Dunbrachie –le comunicó Sarah con aire de superioridad–. Ha ido a Edimburgo por algún asunto legal, creo.

Moira esperó a que Sarah hiciera algún comentario mordaz sobre la demanda, pero no lo hizo.

–Se rumorea que quiere vender la residencia McStuart –siguió Sarah–. Es posible que no quiera quedarse aquí con tantos recuerdos desagradables.

Moira, aliviada de que Sarah no supiera nada de la demanda, todavía tenía algunos dardos guardados.

–Es posible que esté tan avergonzado por su comportamiento que crea que tiene que vender la casa familiar y no volver a aparecer por aquí. Evidentemente, no hay nada ni nadie que lo tiente para quedarse.

Sarah hizo una mueca muy poco femenina antes de fustigar con las riendas el lomo de su caballo. El pobre animal relinchó y se puso en marcha precipitadamente. Emmeline Swanson dejó escapar un grito y se agarró el sombrero. Mabel Hornby se aferró al carruaje para no caerse.

—¡Dadle nuestros recuerdos al señor McHeath! —consiguió gritar antes de alejarse.

El carruaje desapareció por una esquina y Moira se dio cuenta de que los sirvientes que tenía detrás estaban conteniendo la risa. Ella también sonrió un momento. Luego, suspiró al pensar que el señor McHeath volvería a Edimburgo, adonde él pertenecía y ella, no.

No podía hacer nada al respecto, pero sí podía hacer algo por los niños de Dunbrachie. Se puso en marcha hacia las ruinas calcinadas del colegio, aunque eso no era lo que ocupaba sus pensamientos. ¿Por qué se marchaba Robbie de Dunbrachie? ¿Por qué se planteaba siquiera vender la casa de sus antepasados? ¿Tenía que venderla? ¿Por qué? El escándalo por la ruptura del compromiso le afectaba más a ella que a él. ¿Por qué si no vendería un hombre su casa familiar? ¿Ya no la quería? En el caso de Robbie, eso era muy improbable. Estaba muy orgulloso de la casa y su historia. Había estado feliz de enseñarle los retratos y de explicarle quién era cada uno.

Una casa así era muy cara de mantener y Robbie se gastaba mucho dinero en ropa y diversión. ¿Sería posible que ya no tuviera dinero para mantenerla? Si no tenía dinero para eso, estaría desesperado. ¿Estaría tan desesperado que se habría casado con la hija de un hombre adinerado? Si fuera así, ¿la ruptura del compromiso no había sido todavía más devastadora para él? Eso explicaría… Estaban a unos cincuenta metros del colegio cuando vio algo que la hizo detenerse inmediatamente. Ya había alguien allí.

Capítulo 14

−¿Quién sois y qué estáis haciendo aquí? −gritó Moira agarrando con fuerza las riendas.

Jack MacKracken, con la cara, manos y ropas negras por el hollín, salió de detrás de una pared medio derruida.

−¿Por qué estás aquí? −le preguntó Moira mientras sus lacayos se ponían al lado de ella.

Jack no contestó. Se quedó donde estaba y, para pasmo de Moira, Lillibet también salió de detrás de la pared con la cara, manos y ropa igual de sucias. Sonrió a su padre antes de hablar.

−Estamos quitando la madera quemada, milady.

Moira no se habría creído la explicación si Jack hubiera estado solo. Como Lillibet estaba con él, le pareció más factible. Sin embargo, ella sabía por su triste experiencia que una hija también podía estar dispuesta a buscar excusas para la conducta de un padre.

−¿Es verdad, MacKracken? −preguntó ella acercándose un poco más.

−Sí, milady −contestó él sonrojándose y dando vueltas a su sucia gorra entre las manos.

Ella detuvo el caballo y desmontó después de vacilar un poco.

—Creía que no aceptabas mi colegio.

—Bueno, milady… —el gigante empezó arrastrar los pies como un niño avergonzado—. No me gustaba, pero eso no significa que quiera que unos canallas vengan a quemar algo de Dunbrachie. Lo mínimo que puedo hacer es ayudar un poco a despejarlo.

—Te agradezco mucho la ayuda —dijo ella sinceramente.

Estaba a punto de ofrecerse a pagarle cuando se acordó de las hirientes palabras de Robbie al llamarla doña Benévola.

—Gracias —insistió ella aunque no quiso dejar escapar esa ocasión—. Es posible que cuando reconstruya el colegio dejes a Lillibet que venga. Es una niña inteligente, como la que cualquier tendero estaría encantado de contratar si supiera leer y hacer cuentas.

—Lo pensaré.

Jack miró a su hija, quien también lo miró como si la hubieran invitado a un banquete.

—¿Me enseñarías lo que has hecho? —le preguntó ella para no presionarlo más.

—Sí, milady —contestó él asintiendo con la cabeza.

—Os habéis repuesto muy bien —dijo el médico dos días después mientras guardaba sus cosas en el maletín—. Creo que dentro de un par de días podréis dar un paseo en carruaje. No al galope, naturalmente, pero sí podréis dar un paseo tranquilo.

—Gracias, doctor, por vuestros magníficos cuidados —replicó Gordon sabiendo que debería estar contento aunque no lo estuviera.

Estaba contento de saber que estaba curándose, pero no lo estaba tanto de saber que podía marcharse, aunque no tenía derecho a quedarse.

La señora McAlvey, que estaba al lado del médico, se aclaró delicadamente la garganta.

–También he tenido una enfermera excelente –añadió Gordon.

–Efectivamente. La señora McAlvey es una de las mejores.

La mujer sonrió de oreja a oreja.

–Estaría encantada de seguir si necesitas mi ayuda cuando te marches a casa.

–Gracias.

–¡Milady! –exclamó el médico cuando lady Moira apareció por la puerta.

Estaba sencilla pero exquisitamente vestida, como siempre, llevaba el pelo recatadamente peinado y su vestido era de muselina verde claro. Lo más hermoso era su tímida sonrisa, sobre todo, porque él sabía que bajo ese exterior reservado había una mujer increíblemente apasionada. Aunque solo lo había visitado brevemente por la noche y la mañana durante los dos últimos días, la admiración y el deseo que sentía por ella no habían disminuido. Si acaso, apreciaba más sus magníficas cualidades y su anhelo era mucho mayor, añoraba aquellos breves momentos que había pasado con ella o, tan solo, vislumbrar su sonrisa.

–No sé qué le habéis dado de comer –siguió el médico–, pero su recuperación es notable. El señor McHeath podrá viajar dentro de un par de días o así.

–¿Tan pronto?

Él no debía dar ningún significado a su sorprendida pregunta ni creer que había captado decepción en sus ojos marrones. Había aprendido que era un disparate creer que la reacción o la expresión de una mujer significaba más de lo que se veía.

–Sí, si él quiere –confirmó el doctor Campbell.

Gordon, efectivamente, tenía que volver a Edimburgo.

–Mis clientes esperaban que volviera antes de dos semanas –comentó Gordon tanto para sí mismo como para los demás.

–Sir Robert pasó por aquí cuando os trajeron y dijo que informaría a alguien llamado Mitford –replicó ella.

Tuvo que ser muy complicado para ella hablar con Robbie. Era otra deuda que no creía que pudiera pagarle nunca.

–Mitford es un abogado amigo mío que se ocupa de mis clientes cuando estoy fuera. Sin embargo, él tiene sus propios clientes y no debería ausentarme más tiempo del necesario.

Aunque quisiera... No pudo captar la reacción de ella a eso.

–¿Podrá viajar hasta Edimburgo, doctor?

El doctor frunció el ceño.

–Había supuesto que volvería a casa de sir Robert.

Moira intervino antes de que Gordon pudiera corregirlo.

–Sir Robert no está en su casa, se ha marchado a Edimburgo.

Gordon la miró sin poder creérselo. ¿Por qué se había marchado a Edimburgo? ¿Había decidido hablar en persona con Mitford o tenía otro motivo más egoísta? ¿Sería por una deuda o una mujer? ¿Sería sencillamente porque quería? Para Gordon, cualquiera de esas explicaciones podía ser la acertada.

–¿De verdad? –preguntó el doctor Campbell mientras cerraba el maletín de cuero negro–. Entonces, le recomendaría al señor McHeath que se quedara aquí unos días más.

–No si mi presencia es un estorbo –replicó Gordon inmediatamente.

–Sois muy bien recibido –le tranquilizó ella en un tono sereno, sin entusiasmo ni reticencia.

El doctor Campbell los miró a los dos antes de hablar.

–No hace falta que nadie me acompañe hasta la salida.

–Doctor, me gustaría comentar lo que debería comer el señor McHeath –dijo la señora McAlvey acompañándolo hacia la puerta.

–Claro.

El doctor salió y la mujer se detuvo para mirarlos desde la puerta. Tenía una expresión seria, pero sus ojos tenían un brillo de comprensión que hacía que fuese hermosa como un ángel.

–Haga lo que haga el señor McHeath –le dijo a lady Moira–, sigue estando débil como un gatito y no debéis quedaros mucho tiempo, milady. Ninguno de mis enfermos ha tenido una recaída y no estoy dispuesta a que el señor McHeath sea el primero.

–Me quedaré solo un momento –le aseguró lady Moira.

Solo un momento, pero eso era más tiempo del que había pasado con ella desde el apasionado e inolvidable encuentro en el callejón.

La señora McAlvey salió y dejó la puerta abierta, como era procedente.

Desgraciadamente, cuando se quedaron solos, a Gordon le costó pensar con claridad, y no fue por las heridas. Nunca había estado tan nervioso en presencia de una mujer. Debía mucho a lady Moira, pero solo podía pensar en besarla. Afortunadamente, ella se mantuvo a una distancia prudencial de la cama.

–¿Necesitáis algo, señor McHeath?

–No, gracias, milady. Ya habéis hecho suficiente, más que suficiente.

Él temió que pudiera marcharse. Quería que se quedara aunque solo fuese para mirarla, para admirar su precioso rostro y la luz, inteligencia y vitalidad que se reflejaba en sus ojos. Ella no se marchó y él aprovechó la ocasión.

–Lamento que no pudiera evitar que quemaran vuestro colegio. No debería haber investigado solo. La próxima vez, buscaré refuerzos antes de intentar hacer algo.

–¿La próxima vez? –preguntó ella arqueando una ceja mientras se acercaba–. Primero me rescatasteis de un perro y luego intentasteis detener a esos vándalos. ¿Tenéis por costumbre comportaros como un héroe?

Él se rio, pero hizo una mueca por la punzada de dolor que le produjo.

–No hasta que llegué a Dunbrachie –contestó él con una mano en el costado–. A lo mejor es que hay algo flotando en el aire…

–O, a lo mejor, es por mi culpa –replicó ella en voz baja y mirándose las manos–. Parece como si hubiese necesitado un héroe desde que llegasteis.

–Me alegro –dijo él antes de pensárselo y de maldecirse por necio–. Quiero decir, no me alegro de que os pueda ocurrir algo, milady, y estaría encantado de evitar cualquier desdicha futura, si puedo. Quería decir que me alegro de haberos conocido independientemente de las circunstancias.

–¡Me gustaría que no me llamarais «milady», señor McHeath! –exclamó ella con cierto enojo mientras se daba la vuelta e iba hasta la ventana. Se volvió hacia él inmediatamente–. Lo siento. Es que no estoy acostumbrada. No estoy acostumbrada al título ni a esta casa ni… ni a casi nada de aquí. Pareceré una ingrata, pero han pasado demasiadas cosas en muy poco tiempo –Moira esbozó una sonrisa triste y volvió hacia él–. Era la señorita MacMurdaugh, la hija normal y corriente de un comerciante de Glasgow, y, de repente, me convertí en lady Moira, hija del conde de Dunbrachie.

Él estaba seguro que nunca había sido normal y corriente.

–He oído decir que vuestro padre recibió el título hace poco –comentó él sin decir quién se lo había dicho.

–Ni siquiera sabíamos que estaba en la línea sucesoria –reconoció ella acercándose a la cama–. Mi padre era un familiar lejano del anterior conde, un primo tercero. Imagináoslo, señor McHeath. De repente, esta residencia enorme es mi hogar, no la casita de Glasgow, y tenemos tantos sirvientes y arrendatarios que me cuesta acordarme de sus nombres.

–¿Hace cuánto que cambio vuestra fortuna?

–Algo más de un año. Todavía hay días que me despierto y creo que estoy soñando… o teniendo una pesadilla.

Por Robbie y por él, porque había aceptado ayudar a su amigo a demandarla. Se destapó y apoyó los pies en el suelo con mucho cuidado.

–¿Qué estáis haciendo? –exclamó ella pasándole un

brazo por debajo del hombro para sujetarlo–. Tenéis
que volver a la cama.

–Estoy bien –replicó él disimulando el dolor porque
no quería tener esa conversación tumbado–. No necesito ayuda.

No sabía si era verdad o no, pero no quería parecer
un inválido cuando estaba con ella. Sin embargo, añoró
el contacto de su cuerpo cuando ella se apartó, aunque
no lo bastante para no rozarla.

–Le he dicho a Robbie que no voy a representarlo
más. No puedo –añadió él agarrándose a la cama.

–¿Porque creéis que la demanda no prosperará?

–No.

–¿Porque os consideráis en deuda conmigo?

–Es un motivo.

Ella se sonrojó, pero no se apartó.

–¿Porque podría no pagaros?

Él se sintió como si lo hubiesen apuñalado otra vez.
¿Creía sinceramente que era un mercenario? Si lo creía…
se había equivocado al interpretar sus sentimientos hacia
él, como se equivocó con los de Catriona McNare.

–No, eso no ha influido en mi decisión.

–Lo siento –se disculpó ella sonrojándose más–. No
quería insinuar… Es que me he enterado de algo que
me hace pensar que está pasando por dificultades económicas.

Gordon sintió alivio y curiosidad por saber la fuente
de su información.

–¿Qué sabéis? ¿Quién os lo ha dicho?

–Sarah Taggart me dijo que quiere vender la residencia McStuart. Por eso se marchó a Edimburgo. ¿Por qué
iba a hacer algo así un hombre tan orgulloso de su lega-
do si no es porque tiene que hacerlo?

Él quería ser sincero con ella, pero…

–Aunque ya no voy a representar más a Robbie, tampoco puedo deciros lo que me ha dicho, ni como amigo ni como abogado. No sería ni correcto ni ético.

Ella frunció el ceño y se dio la vuelta.

–Entonces, no me lo digáis, pero creo que Robbie está muy endeudado. Creo que por eso quiso casarse conmigo primero y demandarme ahora.

Pasara lo que pasase, lo expulsara inmediatamente o lo dejara quedarse, acertara o se equivocara sobre lo que ella sentía hacia él, esa podía ser la última oportunidad de hablar a solas con ella y tenía que abordar otro asunto.

–¿Vuestro padre se desquicia cuando ha bebido? ¿Os pega?

Ella se giró impetuosamente y lo miró fijamente, espantada.

–¡Mi padre no me ha pegado jamás en su vida! Me ama y nunca me haría nada.

Él se alegró de oírlo, sobre todo, porque estaba seguro de que lo había dicho de corazón.

–Sin embargo, bebe mucho, ¿verdad?

–Eso, señor McHeath, no es de vuestra incumbencia.

–No, no lo es –reconoció él–. No tengo derecho a indagar, salvo que os debo la vida y que cualquier cosa que os duela o moleste debe preocuparme. Sin embargo, no es lo único que me preocupa de vos, milady, aunque podría ser suficiente. He visto lo que la embriaguez puede hacer a una familia. He presenciado a hombres y mujeres que tratan a sus familias como a marionetas con promesas y remordimientos, que consiguen que sus vidas sean desdichadas e inciertas, angustiosas y convulsas. Ése es otro motivo para que no os casarais con

Robbie, ¿verdad? No fue solo por las mujeres. Ya sabéis lo que significa vivir con un hombre que bebe demasiado y no quisisteis soportar las mismas angustias el
resto de vuestra vida.

Ella lo miró a los ojos con una firmeza admirable.

—Sí, fue un motivo, pero las mujeres también. Eso es
algo que mi padre no hizo nunca. Amó mucho a mi madre y le fue completamente fiel. Nunca bebió en exceso
cuando ella estaba viva.

—¿Y desde entonces…?

—Solo cuando está alterado por algo. Lleva algunas
semanas sin beber.

—Pero estáis preocupada de que ahora esté bebiendo
esté donde esté, ¿verdad?

—No. Se ha marchado por trabajo. Me ha escrito y
eso…

Moira no pudo fingir con Gordon McHeath mirándola de aquella forma. Sin embargo, reconocer sus te-
mores a un hombre que era casi un desconocido, independientemente de cómo hiciera que se sintiese…

—¿Qué os hace pensar que mi padre bebe demasiado?

—Si es verdad, eso es lo único que importa, no cómo
me he enterado. ¿Ha prometido dejarlo más de una vez?
¿Ha incumplido la promesa una y otra vez hasta que
perdisteis casi la esperanza pero no del todo?

Él sabía lo que había soportado ella y la miró con
compasión.

—Sí —susurró ella al decidir confiar en él.

—Nadie se acostumbra a que le frustren las esperanzas, milady.

Él lo dijo tan sinceramente y en una voz tan baja que
ella se acordó de lo que murmuró cuando lo llevaron allí.

–¿Todavía tenéis esperanzas aunque os hayan partido el corazón, señor McHeath?

Él retrocedió como si la tierra hubiese empezado a temblar.

–¿Cómo habéis dicho?

–Cuando llegasteis herido, hablasteis de una mujer que se llamaba Catriona quien, al parecer, os hizo albergar esperanzas mientras quería a otro. Habéis hablado de mis tribulaciones, ¿no os parece justo hablar de las vuestras? –preguntó ella cuando él frunció el ceño.

Él no dejó de fruncir el ceño, pero contestó.

–Catriona nunca me dio falsas esperanzas, nunca me dijo que me quería en ese sentido. Mi esperanza fue la que hizo que interpretara mal sus muestras de afecto, que eran las que podía tener por un amigo.

Podía disimular todo lo que quisiera, pero el dolor se reflejaba en sus ojos.

–Aun así, vuestro corazón quedó roto.

–No roto, dolido. He llegado a comprender que nunca la amé de verdad.

De repente, el corazón de ella… se quitó un peso de encima.

–¿Qué más dije? –preguntó él.

–Qué vinisteis a Dunbrachie para olvidaros, pero que os encontrasteis con más problemas, que os atacaron y casi os matan.

–Pasara lo que pasase e independientemente de lo que el futuro pueda depararnos, nunca lamentaré haber venido a Dunbrachie, milady –replicó él con delicadeza y un brillo de sinceridad en los ojos–. Si no hubiese venido, nunca habría encontrado a una joven hermosa y valiente subida a un árbol.

Gordon no pudo evitarlo. Tuvo que tomarle la mano

para sentir la suavidad de su piel. Sabía que el amor no era solo una atracción fruto de la admiración. Había comprendido que el deseo y el cariño, el respeto y la admiración, podían combinarse para resultar en una veneración que duraría toda la vida. Eso era lo que sentía por Moira. Era más que deseo, más que cariño. Tenía que ser amor.

Al darse cuenta súbitamente, fue como si todo se hubiese detenido. El tiempo, el giro de la tierra… Ni siquiera estaba seguro de que estuviera respirando cuando la atrajo hacia sí. Había olvidado sus heridas y solo veía sus ojos resplandecientes y apasionados y sus delicados labios, solo sentía un deseo creciente que ya no podía pasar por alto… ni contener.

Capítulo 15

Moira había estado esperando su beso. Había soñado con él aunque no hubiese querido reconocerlo. Cuando sus bocas se encontraron, le pareció maravilloso. Se inclinó hacia delante para corresponder con avidez, separó los labios para que él introdujera la lengua y profundizara el beso mientras el deseo se adueñaba de ellos. La tenía abrazada, la acariciaba mientras ella le recorría el cuerpo con las manos para sentir la calidez de su piel. Su camisa era un impedimento levísimo, podía notar el calor de su cuerpo, un calor comparable al que hacía que ella se quedara cuando debería marcharse, que se inclinara hacia él en vez de rechazarlo, que lo besara y se entregara en vez de salir corriendo.

Él, con una lentitud intencionada, bajó la mano para tomarle un pecho, se lo acarició con delicadeza y ella anheló más. Más besos, más abrazos, más intimidad… Lo estrechó con fuerza contra sí misma, hasta que notó que se ponía rígido y que tomaba aliento bruscamente. Se había olvidado de la herida del costado. Se apartó inmediatamente.

–Perdón. No quiero haceros daño –susurró ella.

Él sonrió y le acarició la mejilla.

–Si estoy dolorido, no es por nada que hagáis vos y, desde luego, no lo estoy tanto como para pediros que os detengáis.

Ella no quería hacerle daño en ningún sentido, como le hizo la otra mujer. Tampoco quería que su propio corazón sufriera cuando él se marchara de Dunbrachie. Retrocedió un paso más.

–Deberíais descansar.

Antes de que él pudiera replicar, se oyó una voz que llegaba del recibidor.

–¡Moira! ¿Puede saberse dónde te has metido?

–¡Mi padre! –exclamó ella en voz baja–. Ha vuelto. Tengo que ir con él.

–Os acompañaré –dijo él tomándole la mano.

–¡No! Dejadme que antes le cuente lo que ha pasado. Será mejor.

Él quiso oponerse, protegerla, pero no tenía derecho a hacerlo. Además, ella ya le había demostrado que podía protegerse y tomar sus propias decisiones.

–¡Qué todos los santos me protejan! –exclamó la señora McAlvey mientras irrumpía en la habitación con una bandeja llena de platos–. Supongo que es vuestro padre, milady. Si lo es, tened cuidado. ¡Parece furioso!

Probablemente se habría enterado de que el señor McHeath estaba allí. Cuanto más tardara, más se enfadaría su padre. Gordon le sonrió para animarla y ella salió apresuradamente de la habitación para bajar las escaleras.

Él estaba en jarras en medio del recibidor. Walters y dos lacayos, con aspecto inquieto, esperaban en un lado. Su padre tenía la ropa sucia y arrugada y los ojos inyectados de sangre. Peor aún, cuando se acercó más a él, pudo oler a vino. Moira tomó una bocanada de aire. Tenía que conservar la calma por el bien de todos.

–¡Estás aquí! –exclamó el conde en un tono que delató aún más que había bebido demasiado–. ¡Moira, estás bien! –ella se quedó atónita al comprobar que estaba casi llorando mientras la abrazaba–. Me contaron lo del incendio cuando pasé por la posada. Vi el colegio. ¿Te ha pasado algo?

–Estoy bien. El incendio fue de noche y yo no estaba cerca –contestó ella apartándose y con ganas de llevárselo a la cama y lejos de los sirvientes–. ¿No quieres descansar? Te lo explicaré más tarde.

–Dentro de un rato. ¿Quién era esa mujer que he visto subir las escaleras corriendo?

Tenía que referirse a la señora McAlvey.

–También te lo explicaré más tarde –contestó ella agarrándolo del brazo para llevarlo a su habitación.

Desgraciadamente, su padre podía ser muy cabezota y su expresión indicaba que estaba dispuesto a serlo.

–Quiero saber quién está en mi casa y por qué. Además, ¡quiero saberlo ahora!

Ella sabía desde hacía mucho tiempo que era inútil intentar convencerlo cuando estaba en ese estado. No le apetecía contarle nada más, pero sería preferible que se enterara por ella.

–Muy bien, papá –concedió ella llevándolo a la sala–. Te lo contaré.

Él la siguió mansamente e, incluso, se sentó donde ella le indicó.

–Vi el incendio desde la ventana, me di cuenta de lo que estaba pasando y desperté al servicio. Fuimos inmediatamente, pero cuando llegamos, ya no se pudo hacer nada para salvar el colegio.

–¿Está completamente destruido?

–Sí, pero eso no es todo. Los vándalos que quemaron el colegio también atacaron a un hombre. Lo apuñalaron y lo dieron por muerto.

–¡Santo cielo, Moira! –exclamó su padre levantándose de un salto–. Podrían haberte apaleado o hecho algo peor. Me temía algo así. ¿No te había advertido de que ese gesto caritativo, por muy bienintencionado que fuese, podría interpretarse mal y tener consecuencias peligrosas?

–Yo no habría ido sola por la noche como el señor… –ella vaciló–. El hombre que está en el piso de arriba intentó detener a esos hombres, a los que pagaron para que lo hicieran.

–¿Los pagaron? ¿Por qué lo sabes? –preguntó él con incredulidad.

–Él los oyó hablar.

–¿Quién los oyó?

–El hombre que está en el piso de arriba.

Su padre la miró con los ojos entrecerrados.

–¿Quién es, Moira?

Ella volvió a vacilar, pero no podía hacer nada, tenía que decírselo.

–El señor McHeath.

–¿El señor McHeath? –repitió su padre perplejo por la impresión y el enojo–. ¿El abogado de sir Robert? ¿El hombre que va a demandarte?

–Sir Robert va a demandarme. El señor McHeath solo es su abogado y…

–¿Solo? –la interrumpió su padre–. ¿Te parece poco?

–Papá, no es para tanto. Además, intentó evitar el incendio. Sin embargo, aunque no lo hubiera hecho, aunque fuese el abogado de sir Robert, hay que ayudar a cualquiera que lo necesite.

–Moira, admiro a una mujer con buen corazón –replicó su padre–, pero esto es demasiado. Si está herido, que se vaya con sir Robert, quien, te recuerdo, va a demandarte por una cantidad considerable de dinero.

–¿De verdad importa eso si está herido? Además, ¿no es posible que Robbie lo engañara como me engañó a mí? Creo que hacía años que el señor McHeath no veía a Robbie. Un hombre puede cambiar mucho en ese tiempo.

–O no –le rebatió su padre.

–Haya cambiado o no, el señor McHeath sigue siendo un hombre al que hirieron gravemente –insistió ella cada vez más desesperada porque los sirvientes obedecerían a su padre–. Tanto, que el doctor dice que podría ser peligroso moverlo. Si el señor McHeath se queda, garantizaremos que se reponga. El doctor Campbell dice…

–¡No me cites a un médico! ¡No saben nada! Quiero que mañana se haya marchado. Ordenaré a los lacayos que lo expulsen si tengo que hacerlo.

–Si no estás borracho.

Las palabras salieron como si tuvieran voluntad propia, como tigres que llevaban años enjaulados y habían estado esperando para abalanzarse sobre su presa. El rostro de su padre enrojeció y ella se tapó la boca con la mano como si quisiera atraparlas.

–Papá, yo…

–¿Así me agradeces todo lo que he hecho por ti? –le interrumpió él con el rostro amoratado–. ¿Por concederte ese capricho caritativo de educar a los hijos de gente que no quieren que los eduquen? ¿Alguna vez te has parado a pensar cómo me afectan tus planes, Moira? ¿Alguna vez se te ha ocurrido pensar que tus ideas del colegio y la educación podrían ponerme en una situación embarazosa e, incluso, costarme relaciones comerciales?

No, no lo había pensado.

–¿Has pensado alguna vez que al romper tu compromiso he tenido que oír comentarios maledicentes sobre mi hija que no podrá casarse y sobre su caridad mal entendida? Lo único que he querido en mi vida ha sido tu felicidad, Moira. Verte casada con un buen hombre y con hijos alrededor. Si no, ¿por qué crees que te conté todo lo que supe sobre el demonio con el que ibas a casarte cuando tú estabas obnubilada por su apostura, su nombre y su título? Moira, podría haber dejado que te casaras con él, presumir de la relación y aprovecharme de ella, pero no lo hice. Ahora temo que tus actos caritativos te absorban tanto que no encuentres un marido. ¿Es lo que quieres? ¿Quieres ser una solterona? ¿Quieres ser una de esas mujeres a las que todos admiran y ningún hombre se casa con ella?

Ella entrelazó las manos mientras intentaba encontrar las palabras para que él la entendiera.

–Papá, ¿no te das cuenta de que intento hacer algo por mí misma como hiciste tú cuando eras joven? Quiero dejar algo construido con trabajo y esfuerzo, como tú hiciste tu fortuna. Sí, me has dado una buena casa y ropa elegante, pero también me has dado preocupaciones, desasosiego y aflicción. ¿Cuántas veces has llegado apestando a alcohol y he tenido que acostarte? ¿Cuántas veces te has quedado por ahí sin que yo supiera dónde estabas o si estabas bien? ¿Cuántas veces me he quedado sin dormir esperando a que volvieras a casa después de que pasaras una noche bebiendo y sin saber dónde estabas o si volverías? Quiero estar orgullosa de ti, papá, no avergonzada. Estaré más que avergonzada si obligas al señor McHeath a que se marche antes de que el doctor diga que puede marcharse. Por favor, no me prives del orgullo que debería sentir por mi padre, quien se mató a trabajar y consiguió algo por sí mismo antes de que recibiera un título.

La expresión de su padre no se suavizó, era la misma que ponía cuando negociaba con otro comerciante.

–No soy tan desalmado, Moira. Aceptaré que el señor McHeath se quede hasta que el doctor diga que puede marcharse a casa de sir Robert... con la condición de que nunca más intentes abrir un colegio en Dunbrachie.

–¿Cómo puedes darme ese ultimátum? –preguntó ella conteniendo el aliento–. Solo te he pedido tres cosas en mi vida: que no bebas en exceso, que me facilites el dinero para abrir un colegio y que el señor McHeath pueda quedarse hasta que se haya repuesto. Has incumplido tu promesa sobre la bebida más de una vez y ahora me pides que renuncie al colegio o expulsarás de tu casa a un hombre herido... ¿Cómo puedes hacer eso, papá? ¿Es justo? ¿Es considerado?

–No voy a seguir discutiendo esto, Moira –su padre se dirigió hacia la puerta–. Si quieres que el señor McHeath se quede, puede quedarse, pero no recibirás ni un penique más para un colegio en Dunbrachie ni en ningún otro sitio.

Ella no podía creerse lo que estaba oyendo, pero lo conocía lo suficientemente bien como para saber que lo decía en serio. Sin embargo, también era su hija y, por lo tanto, podía ser igual de resuelta. Tenía que serlo por Lillibet y los demás niños de Dunbrachie.

–El señor McHeath va a quedarse hasta que el doctor diga que puede marcharse y voy a construir un colegio en Dunbrachie. Si tú no me ayudas, buscaré el dinero en otro sitio.

Moira, demasiado alterada para seguir hablando, buscó refugio en su salita. ¿Qué podía hacer? Tenía que construir el colegio. Había sido su sueño desde hacía mucho tiempo y Lillibet, como los demás niños, se merecían la oportunidad de recibir una educación.

Podía recaudar dinero en Glasgow, donde tenía muchos amigos. No en Edimburgo, donde solo conocía a Robbie y a Gordon McHeath. No tenía ningún motivo para ir allí… Una sombra se proyectó sobre la alfombra mientras se secaba las lágrimas. Se dio la vuelta y vio a Walters en la puerta.

—Perdón, milady —dijo el mayordomo—, pero el conde me ha pedido que os comunique que se ha marchado a Glasgow.

A ella no debería haberle sorprendido que no se quedara después de la discusión y las acusaciones mutuas.

—¿Ha dicho cuándo volverá?

—No, milady. Solo ha dado la orden de que el señor McHeath se marche en cuanto lo permita el doctor.

¿Su padre no había dejado dicho nada para ella? Quizá, si tenía en cuenta cómo se habían separado, eso tampoco debería sorprenderle.

—Entiendo. Gracias, Walters.

El mayordomo inclinó la cabeza y ella fue hasta la ventana que daba al jardín. Otra sombra se proyectó sobre la pared que tenía al lado. Quizá su padre le hubiera dicho algo para ella a un lacayo o a otro sirviente, pensó ella mientras se daba la vuelta.

No era un sirviente, era Gordon McHeath.

Capítulo 16

Llevaba puestos los pantalones, limpios y planchados, la botas relucientes y una camisa normal y corriente que debía de pertenecer a algún sirviente. Parecía como si fuera a marcharse. Sin embargo, no debería estar levantado siquiera.

—¡Señor McHeath! —exclamó ella acercándose a él—. ¡Deberíais estar en la cama! Por favor, sentaos. No entiendo que la señora McAlvey os haya dejado levantaros.

—Quise cerciorarme de que estabais bien y la señora McAlvey no sabe que no estoy acostado —él sonrió y se sonrojó y ella lo ayudó a sentarse en el sofá—. Ha ido a buscarme té y galletas. Le dije que tenía hambre. No os preocupéis por cómo me siento. ¿Cómo estáis vos?

—Estoy bien.

Como él ya sabía que su padre bebía, pudo mirarlo a los ojos y sentarse a su lado. A pesar de la vergüenza por la reacción de su padre a que él estuviera en la casa, era un alivio no tener que mentir.

—Creo que mi padre ha vuelto a beber. Se preocupa por mí y cuando se enteró del incendio y de que estáis en la casa…

—Se enojó, comprensiblemente, porque el abogado que está ayudando a sir Robert a denunciaros sea vuestro invitado —terminó él la frase con resignación—. Independientemente de lo que diga el doctor Campbell, lo mejor será que me marche hoy si puedo tomar prestado un carruaje. Puedo quedarme un par de noches en el pueblo y la señora McAlvey puede acompañarme.

Ella quería acompañarlo, pero, naturalmente, era imposible. Tan imposible como que le dejara marcharse antes de que el doctor lo permitiera.

—A mi padre se le pasará el enojo y vos no podéis pensar siquiera en marcharos hasta que lo diga el doctor Campbell.

—No quiero complicaros las cosas más de lo que ya os las he complicado. Moira, tu padre se enfadó tanto que gritó. Si me quedo, mi presencia te causará problemas. No voy a quedarme.

Moira lo miró retorciendo el puño de su vestido.

—Gordon, si mi vida es complicada, no es por tu culpa. Tú solo fuiste el detonador para que me diera cuenta de cosas que ya debería saber. Ahora sé lo vengativo que es Robert McStuart y puedo tomar precauciones para evitarlo en el futuro, como a los hombres que son como él. También es preferible saber lo que piensa mi padre sobre mis planes. Nunca le han entusiasmado mis empresas, pero yo no sabía cuánto se oponía al colegio. Cuando se enteró de que pensaba reconstruirlo, me retiró su apoyo. Si quiero volver a construir el colegio, tendré que encontrar el dinero por mis medios, y lo haré.

Gordon se quedó boquiabierto por su belleza e impresionado por su valentía el día que la conoció. Además, había llegado a respetar su amabilidad y su generosidad, pero nunca la había admirado tanto como cuando habló de reconstruir el colegio con esa decisión.

–Lo lamento mucho, Moira. Debería haber insistido en marcharme inmediatamente.

–¿Y arriesgarte más? No, ya sufriste bastante. No tienes la culpa de que mi padre no acepte el colegio y si alguien es culpable de que mi padre me haya retirado su apoyo, es quien provocó el incendio. Solo tendré que pedir donaciones a mis amigos. Hay muchos en Glasgow que contribuirán. Iré inmediatamente para empezar.

Glasgow y Edimburgo estaban en extremos opuestos de Escocia.

–¿No tienes amigos en Edimburgo?

–No.

–Excepto yo –replicó él en voz baja–. Me gustaría ayudarte.

–Debería haberme imaginado que te ofrecerías –comentó ella tocándole la mejilla con una mano–. Me has demostrado que en este mundo hay hombres buenos e íntegros.

–Entonces, ¿lo que te pasó con Robbie no te ha desilusionado completamente de los hombres?

Él lo preguntó con la cabeza llena de un futuro que había estado moviéndose en el límite de su consciencia, aunque no había pasado de allí.

–No completamente –reconoció ella bajando la mano con la mirada gacha y las mejillas sonrojadas.

Una vez, él se había reservado sus sentimientos y acabó descubriendo que había albergado unas esperanzas injustificadas. Tenía que comprobar si esa vez pasaba lo mismo.

–Aunque no son las circunstancias ideales, no puedo permanecer callado sobre…

A pesar de su decisión, la voz le vaciló. Sin embargo, si estaba equivocado, sería una necedad no saberlo.

–Sobre lo que está pasando entre nosotros.

Ella se sonrojó más y, aunque no habló, su silencio le dio ánimos. Si estuviera equivocado, ella habría dicho algo.

–Espero no equivocarme si creo que sientes algo más que cariño por mí.

Ella siguió en silencio, sonrojada y sin mirarlo a los ojos. La confianza por su reacción silenciosa empezó a disiparse y la sustituyó el miedo. ¿Se había equivocado otra vez? Quizá, pese a la reacción a sus besos, ella no sentía lo mismo que él. Quizá estuviese incomodándola con su confesión…

–Había dado por supuesto que sentías algo más –siguió él–. Al parecer, me he equivocado.

Ella levantó los ojos para mirarlo y él supo que no había estado jugando con él ni dándole falsas esperanzas.

–No, Gordon, no te equivocas. Decir cariño es decir muy poco para expresar lo que siento por ti.

Él le tomó la cara entre las manos y la besó con delicadeza mientras ella cerraba los ojos y le rodeaba el cuello con los brazos. La pasión se despertó con todas sus fuerzas en él. La tomó entre los brazos, que era donde tenía que estar para siempre, donde ninguna otra mujer habría podido estar de manera tan perfecta. Era igual que él en inteligencia, empuje y deseo. Después de haberla conocido, estaba completamente seguro de que nunca habría sido feliz con una mujer tan tímida y delicada como Catriona McNare.

Ella, como si quisiera confirmar lo que estaba pensando, separó los labios y él introdujo la lengua en su boca cálida y deseosa. Ella bajó las manos por su espalda con un gemido de avidez.

Él se movió para acercarse más sin hacer caso del dolor que sentía en el costado. Al fin y al cabo, estaba curándose. No volvería a sangrar cuando tenía a Moira entre los brazos. La hermosa, decidida y apasionada Moira. La cálida y maravillosa Moira con unas curvas irresistibles. Le recorrió lentamente un costado con una mano y le tomó un pecho. Pudo notar el pezón endurecido y su gemido de excitación cuando le pasó el pulgar por encima. Volvió a moverse y la tumbó hasta que estuvo reclinada sobre el sofá con él casi encima.

Los besos se hicieron menos cariñosos y más ardientes, menos delicados y más apasionados a medida que aumentaba el anhelo. Estaba excitado y ansioso, el cuerpo le exigía que la tomara allí mismo. Estaba seguro de que ella le dejaría. Lo deseaba tanto como él a ella, argumentaron sus instintos físicos. Sin embargo, otra parte de sí mismo, la parte que conocía bien las normas sociales, lo mantenía a raya.

Esa parte consciente se debilitaba cada vez más cuanto más lo besaba y abrazaba ella. Cuanto más se contoneaba y arqueaba como si su cuerpo le ordenara que hiciera el amor con ella.

¡Cuánto lo deseaba! Nunca había deseado a una mujer como deseaba a Moira.

Sin embargo, no así, como un casanova lascivo que no se comprometía. Daba igual lo difícil que fuese detenerse, retroceder aunque la mirase a los ojos oscurecidos por el deseo y a los pechos que subían y bajaban al ritmo de la respiración entrecortada.

Ella se incorporó inmediatamente con el miedo reflejado en los ojos.

–¿Estás sangrando otra vez?

–No, no es eso. Es que... esto no está bien –consiguió decir él aunque le hubiese costado.

Ella frunció el ceño, se puso recta y se pasó un mechón por detrás de la oreja.

–Me doy cuenta de que este tipo de cosas son muy inadecuadas.

La había ofendido y eso era lo último que quería hacer. Él le tomó una mano.

–Moira, no lamento haberte besado ni aquí ni en ningún otro sitio. Además, quiero estar contigo, íntimamente y de todas las demás maneras. Sin embargo, tenemos que parar o acabaremos haciendo el amor en el sofá. Me encantaría hacer el amor contigo, pero no te tomaré como un libertino lascivo, como Robbie...

–Él no lo hizo.

Ella soltó las palabras como un cañonazo mientras se levantaba precipitadamente.

–No lo hicimos. Nunca. Nunca me había comportado así con otro hombre. ¡No sé qué me pasa cuando estoy contigo!

Estaba enfadada, pero no tenía motivo para estarlo. Gordon se levantó.

–No estaba acusándote de nada. Es cuanto a lo que te pasa cuando estamos juntos, es lo mismo que me pasa a mí porque te aseguro, Moira, que nunca en mi vida había sido tan... osado.

–¿Osado? –repitió ella con un brillo burlón en los ojos–. ¿Así lo llamas?

Él le rodeó la cintura con los brazos y sonrió.

–También podría llamarlo deseo abrasador, anhelo desvergonzado, pasión descarada...

Ella se puso de puntillas y lo besó delicadamente en los labios.

—Yo lo llamo atrevido, apasionado, excitante.

—Las últimas palabras que alguien esperaría oír para describir a un abogado.

—Pero las adecuadas en este caso —Moira le pasó la punta de los dedos por el vendaje que le tapaba el corte encima del ojo—. La señora McAlvey cree que te quedará una cicatriz. Parecerás más osado todavía. Las viudas harán fila en la puerta de tu despacho.

—Solo hay una persona que me gustaría que esté deseando verme —susurró él mientras se inclinaba para besarla otra vez—. La misma mujer que se subió a un tejado para ver un combate.

—¿Me viste?

—Sí. Me quedé atónito.

—¿No te distraje?

—Solo un instante y no lo lamento en absoluto. ¿Cómo te subiste hasta ahí?

—Ya te conté que trepaba por los almacenes de mi padre. Quería ver el combate, pero, claro, una dama no debe y…

—Y encontraste la manera a pesar de las convenciones sociales.

—Como infrinjo las convenciones sociales cuando estoy contigo —añadió ella con una sonrisa irresistible.

La abrazó y fue a besarla otra vez cuando la señora McAlvey entró en la habitación.

—¿Puede saberse…? —exclamó la enfermera mientras los dos se separaban precipitadamente—. Había confiado en ti, muchacho, pero ¿qué me encuentro cuando subo a la habitación para llevar té con pastas? Mejor dicho, ¿qué no me encuentro? ¡Creí que tendrías más sensatez!

Si esa herida vuelve a abrirse, dejaré que te desangres.

A pesar de su enfado y justificada condena por desobedecer las órdenes, Gordon no se avergonzó gran cosa. Estaba demasiado contento por saber que Moira lo quería. Moira se sonrojó, pero tampoco pareció muy arrepentida.

Gordon introdujo la mano por debajo de la camisa para palpar el vendaje.

—Está completamente seco, señora McAlvey. No pasa nada —aseguró él aunque la herida le dolía—. Quería té con pastas, pero me sentía tan bien que…

—Que te creíste más listo que el doctor y que yo —la enfermera, en jarras, se dirigió a Moira—. Si él no tiene dos dedos de frente, vos deberíais tenerlos, milady. Deberíais haberlo mandado a su habitación inmediatamente.

—Lo siento —se disculpó ella fingiendo arrepentimiento.

¡Cuánto quiso besarla! En la punta de su deliciosa nariz, en los delicados lóbulos de sus orejas, en el cuello, en el pecho…

—¡No sé qué voy a hacer contigo! ¡Con los dos! —exclamó la señora McAlvey agarrando a Gordon por un brazo como si fuera un prisionero—. Ahora, necio muchacho, a la cama antes de que le diga al médico que te dé algo que te tenga dormido una semana.

—Sí, señora McAlvey. Haré lo que me digáis, señora McAlvey.

—Más os vale, ya que tenéis que quedaros unos días más —intervino Moira.

—Sí, milady.

Gordon la miró por encima del hombro y le guiñó un

ojo. Fue un gesto tan impropio de un abogado que ella quiso reírse mientras se sentaba en el sofá y se tapaba la cara con las manos. Todo había cambiado en un instante. Todavía estaba el conflicto con su padre y tenía que reconstruir el colegio, pero Gordon la quería y tenía la sensación de que lo peor ya había pasado. Se reconciliaría con su padre, reconstruiría el colegio, tendría a Gordon y todo saldría bien.

Hasta el perro parecía desdichado cuando iba de un lado a otro de la cueva con su amo.

–¿Cómo va saber dónde encontrarnos? –preguntó Charlie mientras acariciaba la cabeza de su perro–. No estamos cerca del sitio de reunión.

–Estamos más cerca de lo que te imaginas –replicó Red–. Él me dijo a donde ir si creía que teníamos que escondernos mejor.

Red se arrastró para mirar hacia lo árboles que cubrían la ladera. Estaban a unos ocho kilómetros de Dunbrachie, donde el río discurría por un valle más profundo. Pudo verlo ligeramente entre los árboles y la llovizna que estaba cayendo.

–El otro sitio era más caliente. Al menos, tenía paja.

–Sí, pero no podíamos quedarnos allí después de que ese imbécil se cayera y se matara.

–Entonces, ¿para qué nos tomamos la molestia de llevarlo a otro lado? Creí que lo habíamos hecho para que pudiéramos quedarnos donde estábamos.

–Estaba demasiado cerca –Red tiritó y dejó escapar un improperio–. Juro que va a tener que pagar por tenernos esperando en este agujero como si fuésemos lombrices.

Charlie se rascó la picadura de una pulga que tenía en el brazo.

–Si es que viene. Te digo que ya ha pasado mucho tiempo. No va a venir. Nos ha engañado. Hemos hecho lo que nos dijo, nos hemos jugado el cuello para nada.

Red lo miró con rabia.

–Cierra el pico.

El perro de Charlie gruñó. Red dejó escapar una exclamación triunfal y se puso a gatas.

–¡Ya viene! ¡Te dije que vendría! –Red entró en la cueva y se sentó en cuclillas–. ¡Te lo dije!

–¿Viene solo?

–Sí –contestó Red levantándose todo lo que pudo.

–¿Y si no? Que suba él aquí. No vamos a bajar a donde puedan vernos.

Red dudó un instante antes de negar con la cabeza.

–No podría subir la pendiente –replicó antes de dirigirse a la entrada y empezar a salir.

–Maldito majadero –farfulló Charlie–. Adelante, Dan.

El perro salió rápidamente de la cueva. Charlie lo siguió más despacio y mirando la cuesta, los matorrales, las orillas rocosas del río y los árboles diseminados.

Más abajo, Red bajaba torpemente, como un oso, y se dirigía hacia un hombre bien vestido que esperaba cerca de un abeto. Parecía estar solo, pero podía haber más hombres escondidos con armas y cuerdas para atarlos. Si ocurría eso, acabarían colgados del cuello. Quizá debiera salir corriendo y dejar que capturaran a Red. Sin embargo, ¿si el hombre pensaba pagar? No le quedaba ni un chelín en el bolsillo y no tenía comida. Hambriento y deseando haberse quedado en Glasgow, observó a Red que se acercaba al noble. Vio que los hombros

de su cómplice se relajaban y que el noble sacaba una
bolsa. Había llevado el pago. Charlie llamó a su perro
para tenerlo al lado y bajó apresuradamente. Sin embargo, cuando llegó, el noble sujetaba la bolsa con fuerza y
hablaba en tono enojado.

–Teníais que asustar a mi hija y quemar el edificio
–gruñó el anciano–. No teníais que hacer daño a nadie.
¡Quería evitar la violencia, no provocarla!

–Nosotros no tuvimos la culpa de que ese hombre
apareciera –replicó Red–. ¿Qué podíamos hacer? ¿Dejar que se marchara? ¿Decirle que estabais pagándonos
para que hiciéramos eso?

–Deberíais haberos escapado si ya estaba prendido el
fuego.

–No estaba prendido y nos había visto. Además, no
nos habíais pagado. No íbamos a irnos sin nuestro dinero. Fue vuestra culpa si tuvimos que matarlo. Si nos hu-
bierais pagado antes…

–Nunca pago por un trabajo hasta que está hecho a
mi plena satisfacción. Además, no lo matasteis, majade-
ros. Está vivo y en mi casa.

Charlie y Red lo miraron fijamente.

–¿Qué? –preguntó Red–. ¿No está muerto? Lo apu-
ñalé…

–Al parecer, no fue una puñalada profunda y puede
identificaros. Os propongo que toméis este dinero y os
vayáis lo más lejos posible. Probablemente, lo mejor sería América. A nadie le importa quién va allí.

El conde entregó la bolsa de cuero a Red, quien la
sopesó con el ceño fruncido.

–Aquí no hay bastante para que nos vayamos los dos
a América. Además, nos retuvisteis aquí cuando habríamos podido estar muy lejos. Más riesgo para nosotros y

más dinero que tendréis que pagar vos; unas cincuenta libras.

–¿Estás loco? –preguntó el conde.

–No, milord. Estamos deseando irnos muy lejos si nos pagáis. Si no, podríamos pedirle más dinero a vuestra preciosa hija. Charlie, ¿no crees que nos pagaría antes de que todo Dunbrachie se entere de lo que ha hecho su padre?

El conde, pálido, sacó una pistola de su abrigo.

–Podría mataros como a perros rabiosos y solo tendría que decir que intentasteis robarme.

Charlie miró a su perro, que estaba obedientemente sentado a su lado. Todo lo que tenía que hacer era susurrar una palabra y Dan atacaría con la ferocidad de un león.

–Si intentáis hablar con mi hija, si ella os ve a lo lejos, lo lamentaréis. Si os capturan, os colgarán. Si intentáis implicarme, no habrá ni una sola persona en Escocia que os crea más que a mí. Al fin y al cabo, ¿por qué iba a querer destruir el colegio de mi hija?

–Es posible que vuestra hija no sea tan estúpida como creéis –replicó Red–. Es posible que nos crea. Al fin y al cabo, ¿por qué si no íbamos a venir a este sitio dejado de la mano de Dios? No por el placer de venir, desde luego. Además, ella ha oído hablar del Three Feathers de Glasgow, ¿verdad? Si le decimos dónde os conocimos, nos creerá, ¿no? ¿No ha tenido que mandar a más de un sirviente para que os sacara de allí?

Charlie no apartó la mirada del conde. Había trabajado con muchas bestias silenciosas y sabía reconocer la reacción de un hombre. Este dudó y tardó demasiado antes de contestar.

–Podéis hacer todas las acusaciones que queráis. Mi hija nunca os creerá.

Dijera lo que dijese, el conde dudaba sobre la confianza de su hija en él. Lo tenían bien atrapado.

–Creo que deberíamos llevarnos más de cincuenta libras –intervino Charlie–. Al fin y al cabo, si nos capturan, nos colgarán igual por cien que por veinte. Que sean cien. Podemos volver a ese granero vacío que hay en vuestras tierras. Os viene bien, ¿verdad?

–¡No tengo cien libras en dinero contante y sonante! –se quejó el conde.

–Pero podéis conseguirlas –replicó Charlie con amabilidad–. Será mejor que las consigáis si no queréis que vuestra hija sepa qué padre tiene.

–¿Cómo? ¡No os atreveríais a asomaros por Dunbrachie!

–Vuestra casa no está en Dunbrachie y no hay ni una cerradura en Escocia que se resista a Charlie –comentó Red con una sonrisa desdeñosa–. Si queremos haceros una visita por la noche, podemos… y lo haremos.

Capítulo 17

Moira, avergonzada pero decidida, agarró su bolso de mano mientras rechazaba la oferta de una butaca cuando entró en la sala del señor Stamford. No era una habitación grande, pero tenía muchas baldas y los tablones del pino del suelo estaban muy bien puestos. La chimenea era sólida, pero agradable de ver, como los azulejos holandeses que la rodeaban. La construcción de esa casa, junto a los acabados, había sido uno de los motivos para que lo contratara para construir su colegio. Los muebles eran normales y estaban bien hechos, lo que le recordaba a su casa de Glasgow. Tomó aliento y fue al grano.

—Lo siento mucho, señor Stamford, pero mi padre ha rechazado pagar para que reconstruya el colegio. Tendrá que esperar hasta que yo consiga recaudar el dinero por mis medios. Hasta entonces, esto debería bastar para cubrir los costes hasta el momento.

Moira buscó en el bolso de mano y sacó un cheque por un importe que era casi toda la asignación que le quedaba. El señor Stamford lo tomó con una delicadeza asombrosa.

–Hemos tenido algunas diferencias, milady, pero lamento que haya acabado así. ¿Estáis segura de que vuestro padre no cambiará de idea?

–No. Después del incendio y del ataque al señor McHeath, cree que lo que intento hacer es demasiado peligroso. Yo no estoy de acuerdo y me ha retirado su apoyo completamente.

El señor Stamford se golpeó la barbilla con el cheque.

–No puedo decir que se lo reproche, milady. Es posible que yo hiciese lo mismo si fueseis mi hija.

–Las cosas pueden ser tremendas si dejamos que los vándalos se salgan con la suya, señor Stamford, y yo no estoy dispuesta a permitir que pase eso –replicó Moira mientras iba hacia la puerta–. Aunque lamento tener que parar nuestro proyecto, espero que sea algo provisional y que pueda retomarlo cuando haya reunido el dinero necesario para empezarlo otra vez.

–Sí, milady, podéis contar conmigo. ¿Qué tal está el joven abogado? Fue un asunto espantoso.

–Me alegra poder decir que está mucho mejor.

Tan bien que pudo bajar a su salita, besarla y casi hacer el amor con ella. Tan bien que el médico diría que podía irse a su casa. ¿Qué pasaría entonces? Se había hecho esa pregunta durante toda la noche y esa mañana.

–Yo me alegro de oírlo. No había visto un combate como ese en toda mi vida.

Ella tampoco, pero la verdad era que no había visto ningún combate ni quería volver a verlo.

–Buenos días, señor Stamford. Cuando podamos empezar a construir el colegio otra vez, se lo comunicaré.

–Muy bien, milady. Estaré esperando.

–Me gustaría poder decir que estáis como una rosa
–comentó el doctor Campbell mientras examinaba la herida de Gordon–, pero no sería verdad del todo. La señora McAlvey me ha dicho que os habéis movido más de
la cuenta y, por lo tanto, no puedo decir que me extrañe.

Gordon lanzó una mirada a la enfermera, quien estaba a los pies de la cama con expresión de no haber roto
un plato en su vida.

–¿Eso ha dicho?

–Tengo la obligación de decirle al doctor que no te
has quedado en la cama –contestó ella con la serenidad
de una monja.

Gordon se preguntó si eso sería lo único que le había
dicho y recibió la respuesta cuando ella le guiñó un ojo
por encima de la espalda del médico. Él se alegró de
que no hubiera contado lo que estaba haciendo exactamente, pero, aun así, se sonrojó. El médico le puso la
mano en la frente inmediatamente.

–¿Es fiebre o es que estáis avergonzado por no obe-
decer las órdenes del médico?

–Siento no haber hecho lo que se me dijo que hiciera
–contestó Gordon en tono de arrepentimiento–, pero es
difícil quedarse en la cama cuando no estás enfermo.

–Bueno, parece que no ha pasado nada grave –dijo el
doctor mientras volvía a vendar el costado de Gordon–.
La verdad es que está curándose bastante bien. No veo
motivo para que no podáis marcharos a casa hoy o mañana si el carruaje va a un paso moderado.

Gordon sí tenía un motivo para no marcharse y no
tenía nada que ver con la velocidad del carruaje. No

obstante, tenía clientes esperándole y no podía abandonarlos tan bruscamente. Quizá, con el tiempo y poco a poco, podría llevarse el despacho a Glasgow. Eso, sin embargo, era el futuro. En el presente, tenía que volver a Edimburgo.

–No vine en un carruaje. Supongo que podré alquilar uno en el pueblo, ¿no?

–Sí, en el establo –le contestó el médico–. Un cochero también. Os recomiendo que no recorráis más de quince kilómetros al día. Tardaréis más, pero no os resentiréis.

–Gracias, doctor, y recordad lo que os dije de la factura.

El doctor Campbell asintió con la cabeza mientras se estrechaban las manos.

–Buenos días y buena suerte, señor McHeath –se despidió el médico antes de marcharse.

–Yo también me marcharé –dijo la señora McAlvey–. Ya no necesitas una enfermera. Aunque tampoco es que me hicieras mucho caso.

–Agradezco mucho todo lo que habéis hecho por mí, señora McAlvey, y lo comprobaréis cuando os mande el cheque por vuestros servicios. Estoy seguro de que no me habría repuesto tan bien sin usted.

Ella esbozó una leve sonrisa.

–Yo creo que sí, muchacho. No creo que te curaras tan pronto por mí. No hay nada como el amor para que una persona se ponga bien.

Él pensó rebatirlo, pero ¿cómo iba a hacerlo cuando le había visto con Moira?

–También espero que no boxees más –siguió ella con seriedad–. Es un disparate para un hombre hecho y derecho y abogado.

–Os aseguro que fue mi último combate.

–Perfecto. Destrozarás el corazón a esa pobre chica si vuelve a pasarte algo y bastantes preocupaciones tiene con su padre –la enfermera frunció el ceño y le dio unas palmadas en el brazo–. Supongo que debo avisarte. Aunque ahora están enfadados, ella está demasiado acostumbrada a cuidarlo para que deje de hacerlo alguna vez.

–No, no creo que deje de cuidarlo nunca –confirmó él.

–Perfecto siempre que sepas lo que estás haciendo –dijo ella mientras recogía el maletín.

–Ella compensa, señora McAlvey. Compensa con creces.

–Sí, me lo imagino –replicó la enfermera con una sonrisa–. Muy bien, muchacho, te deseo lo mejor y a lady Moira también.

–Adiós, señora McAlvey, y muchas gracias –se despidió Gordon tendiéndole la mano.

Ella lo abrazó en vez de estrecharle la mano.

–Cuídate y cásate con esa chica.

Eso era muy fácil decirlo, pensó Gordon después de que ella se hubiera marchado y él se hubiera quedado solo. Nada le gustaría más que casarse con lady Moira. Sin embargo, en su trabajo estaba acostumbrado a analizar los hechos a la brillante luz del día y lo hizo en ese momento intentando mantener al margen sus sentimientos, su deseo, su necesidad... Ella era noble y él un simple abogado.

Además, su padre lo consideraba un enemigo y él era el responsable de que padre e hija se hubiesen distanciado, quizá durante años, lo cual, sería doloroso para los dos.

Moira tenía que construir su colegio y él tenía sus clientes. Ella estaría en Glasgow y él, en Edimburgo. También había algo más importante: ¿podrían confiar de verdad en sus sentimientos? Antes de que él creyera que estaba enamorado, ella había creído estar enamorada de Robbie. ¿Si no pasaban más tiempo juntos, cómo podían saber que lo que sentían era un verdadero amor que duraría el resto de sus vidas? Sin embargo, no tenían más tiempo. Al día siguiente, él se marcharía a Edimburgo y ella, no.

Poco después de medianoche, Moira, vestida con camisón, bata y zapatillas, recorrió silenciosamente el pasillo hasta llegar al dormitorio azul. A la mañana siguiente, Gordon McHeath se marcharía a Edimburgo y ella estaba decidida a estar a solas con él antes de que se marchara. Lo estaba con la misma firmeza que había mostrado él sobre la decisión de marcharse cuando hablaron durante la cena y después, cuando se sentaron a ambos lados de la chimenea para no estar demasiado cerca por si aparecían el mayordomo o la doncella.

Ella también estaba decidida a ir a Glasgow para recaudar dinero para el colegio, tanto que si alguien hubiese oído su conversación, habría pensado que estaban manteniendo una conversación tranquila y racional sobre sus planes de futuro y que no volverían a verse.

En realidad, debajo de esas palabras serenas y reflexivas había bullido el deseo que esperaba liberarse y el mismo cariño y respeto tan profundos. Ese sentimiento que tenía que ser amor.

Vio una rendija de luz por debajo de la puerta del dormitorio azul. Como una joven soltera no debería estar a solas con un hombre soltero a esas horas de la noche, abrió la puerta y entró sin llamar antes. Gordon estaba de pie con una mano en la repisa de la chimenea y mirando fijamente las llamas. No se había cambiado de ropa, llevaba los mismos pantalones oscuros, la camisa blanca y las botas de montar. Se había quitado el lazo y se había desabotonado el cuello de la camisa, pero nada más. La única luz llegaba del fuego. Todo lo demás estaba en penumbras, incluida la cama, y él parecía abandonado allí, como si esperara que lo rescataran de un naufragio.

–Gordon… –susurró ella entrando en la habitación.

–¡Moira! –exclamó él en voz baja mirándola de arriba abajo y endureciéndole los pezones como si se los hubiera acariciado–. ¿Qué haces aquí? Si alguien te sorprende…

–Ya sé que no es decente, pero no podía permitir que te marcharas sin verte otra vez… en privado.

Donde nadie los interrumpiría, donde podrían estar solos, juntos…

Ella se acercó más y él se puso más tenso y la miró con más detenimiento, como si no entendiera.

–Mañana te vas a Edimburgo y dentro de unos días yo me iré a Glasgow. No quería marcharme sin decir… Sin decirte…

Había llegado el momento de pronunciar las palabras y su confianza se había esfumado.

–¿Qué, Moira? ¿Qué quieres decirme? –preguntó él.

Gordon mantuvo cierta distancia, como si le diera miedo lo que podría pasar si se acercaban demasiado.

–Te amo –susurró ella.

Eran unas palabras muy sencillas, pero también muy potentes. Unas palabras que nunca le había dicho a Robbie. Los ojos de él resplandecieron a la luz del fuego y sus labios esbozaron una sonrisa. Se apartó de la chimenea y se acercó a ella.

–Moira, cariño, yo también te amo –dijo él cuando se encontró con ella en el centro de la habitación–. Te quiero más que a cualquier otra mujer que haya conocido. Te amo más que lo que nunca supuse que podría amar a alguien. Nunca me atreví a esperar que tú también me amaras, pero mis sentimientos fueron muy fuertes… desde el primer momento que te vi.

–Los míos también. Desde que te vi corriendo ladera abajo para ayudarme como un caballero andante.

–No tanto, me tropecé…

–Pero te repusiste con tanta elegancia… –susurró ella mientras levantaba la cara para que la besara.

El deseo apasionado estalló en cuanto se rozaron los labios. Él le tomó la boca con voracidad. Ella correspondió a su pasión en la misma medida.

Ese beso abrasador y ese abrazo tan intenso eran distintos de los otros, como un hombre adulto lo es de un niño. Como ella tampoco era una niña, sino una mujer excitada, ávida, emocionada por el anhelo de él que igualaba al de ella.

–Cásate conmigo, Moira –le pidió él sin dejar de acariciarla–. Por favor, cásate conmigo. Nada me haría más feliz que pasar el resto de mi vida contigo. Moira, acepta, por favor.

Ella quería aceptar con todas sus ganas, pero ya aceptó una vez y fue un desastre. Gordon se apartó para mirarla a la cara y distinguir entre el anhelo y el pragmatismo, entre la realidad y un sueño.

–Mi colegio –susurró ella sin soltarlo, sin querer soltarlo–. ¿Qué pasará con mi colegio y tu profesión?

Él le pasó un dedo por el borde del mentón.

–Sé cuánto significa el colegio para ti y nunca intentaría impedirte que lo construyeras. En cuanto a mi profesión, hay muchos abogados en Edimburgo y no se notará si hay uno menos. Además, es posible que venga bien otro en Dunbrachie.

–No hay abogados en Dunbrachie.

–Entonces, querida, embalaré mis libros y mis cosas y volveré en cuanto me haya ocupado de que mis clientes tengan otro abogado.

–¿Renunciarías a ejercer en Edimburgo por mí?

–Haría mucho más que eso –aseguró él mientras inclinaba la cabeza para besarla.

Ella, convencida del amor de él, le devolvió el beso con anhelo, se desató el cinturón de la bata y dejó que cayera al suelo mientras se estrechaba contra él. Al saber que la amaba y que ella lo amaba, se entregó al deseo que se les había negado tanto tiempo. Hasta que él se apartó entre jadeos y ella sintió una punzada de preocupación.

–¿Te he hecho daño? –le preguntó ella con cierta angustia porque se había olvidado de sus heridas.

–No –contestó él con la voz ronca–. Todavía no estamos casados y yo debería comportarme con rectitud y obligarte a que te marcharas.

Ella oyó sus palabras, pero su cuerpo y su mirada decían algo completamente distinto. Ella se creyó esto, así como el anhelo de su propio corazón.

–Mañana vas a marcharte a Edimburgo y yo tengo que recaudar dinero en Glasgow. Pueden pasar semanas o meses sin que volvamos a vernos. Quiero que estés seguro de mí antes de que te vayas, Gordon. Quiero demostrarte que no cambiaré de idea. Quiero que te creas que puedo ser constante y que lo seré.

Él fue a decir algo, pero ella le tapó los labios con la yema de un dedo.

–Quiero demostrarte que te creo cuando dices que me amas. Quiero demostrarte cuánto te amo.

–Moira, te creo. No necesito más pruebas.

Ella le acarició los largos y fuertes brazos.

–Creo que sí las necesitas, quiero que las necesites –susurró ella–. Gordon, por favor, haz el amor conmigo.

Capítulo 18

Al principio, Gordon no reaccionó, como si estuviera sopesándolo. Ella temió haberse excedido, haber sido demasiado descarada, haber llegado demasiado lejos.

Hasta que... Fue como si hubiera reventado la caldera que contenía su deseo. La tomó entre los brazos y la besó con tanta pasión que ella no pudo respirar casi. A ella no le importó no volver a respirar si seguía besándola, si la deseaba con esa voracidad, con ese anhelo que pronto se adueñó de ella también. Por un instante, se dio cuenta de que nunca había sentido un deseo físico tan abrumador por un hombre. Nunca había querido conocer cada centímetro del cuerpo de un hombre; besarlo, acariciarlo, lamerlo...

Con una necesidad imperiosa de hacer todo eso y más, dejó de besarlo para soltarle los botones de la camisa. Perdió la paciencia y se olvidó de todo recato. Le arrancó los botones y volvió a besarlo. Le apartó la camisa para acariciarle el pecho desnudo por encima del costado vendado.

Entonces, él la tomó en brazos, la llevó a la cama y

la dejó como si estuviera hecha del cristal más delicado. Sin embargo, cuando dio un paso atrás y se quitó la camisa, sus ojos dijeron otra cosa, que estaba mirando a una mujer a la que deseaba tanto como ningún hombre, civilizado o primitivo, había deseado nunca a una mujer; que todo su ser estaba concentrado en contener un deseo físico tan poderoso como el que se había apoderado del cuerpo de ella.

Se quitó las botas y los pantalones y se quedó completamente desnudo, salvo por el vendaje que le rodeaba el abdomen. Todo su cuerpo estaba amoratado, magullado y maravillosamente desnudo. Poderosa y primitivamente dispuesto a amarla.

Contuvo mentalmente el aliento y las convenciones sociales se le presentaron como un cauteloso y distante grito de advertencia. Cuando permitiera que ese hombre la poseyera, sería irreversible. Cuando entregara su virginidad, no podría recuperarla. Lo que iba a entregarle a él, solo podría entregárselo a él y a nadie más.

Ese destello de duda debió de reflejarse en su rostro porque la expresión de él cambió y agarró los pantalones.

—Vete —le pidió él con suavidad—. Vete, Moira.

—¡No! —exclamó ella arrebatándole los pantalones—. No quiero irme, quiero quedarme contigo.

Quería quedarse con él para demostrarle lo sincera que era.

—Quiero estar contigo —siguió ella mientras se quitaba el camisón por encima de la cabeza—. Quiero amarte y que me ames —susurró mientras le tomaba las manos para que fuera a la cama—. Por favor, ven conmigo. Te deseo, Gordon, aquí, ahora y para siempre. Quiero que hagas el amor conmigo y hacerlo yo contigo.

Aunque su cuerpo delataba su deseo y estaban casi tocándose, él no hizo nada.

—Moira, no tienes que demostrármelo así. Creo que me quieres, creo que serás fiel aunque tengamos que separarnos un tiempo.

Lo dijo en serio, podía verse en su rostro. Ella también supo que él sería fiel por mucho tiempo que tuvieran que estar separados. También confiaba en sus propios sentimientos, en que lo que sentía por Gordon no era un encaprichamiento ni algo superficial que se basaba en el halago y el orgullo. Confiaba en que podía levantarse de la cama en ese preciso instante, sin un beso ni una caricia más, y que se casarían algún día, que se unirían libre y legalmente sin riesgo de escándalo. Él no tenía que poseer su cuerpo para saber que poseía su corazón. Por lo tanto, el único motivo para estar allí y en ese momento con él era que lo deseaba y lo deseaba mucho.

—Te creo, Gordon, y confío en ti. Si de verdad quieres que me marche, me marcharé, pero solo porque tú me lo pides. Si no, me quedaré porque quiero pasar esta noche contigo. Quiero que me ames y amarte. Quiero tener algo bonito que recordar si las cosas se complican durante los días que se avecinan. Quiero recordar lo que se siente al tenerte entre los brazos y ser tuya en todos los sentidos hasta que podamos casarnos. ¿Me lo concederías, Gordon? ¿Dejarás que me quede y harás el amor conmigo?

—No tengo fuerzas para rechazarlo. Te amo y te deseo demasiado —susurró él.

Se inclinó y la besó con delicadeza, con ternura, con una demostración de la devoción que sentirían cuando hubiera pasado esa pasión devoradora. Con delicadeza, pero también con insistencia, siguió besándola y le pasó la punta de la lengua entre los labios separados. Ella se relajó y se olvidó de las preocupaciones y agobios.

Sin dejar de besarla, él se colocó con las caderas entre los muslos de ella, quien le acarició la espalda y el contorno del trasero. Su cuerpo era como un territorio desconocido que quería explorar y llegar a conocer todos sus rincones, como había explorado y conocido esa casa, pero mucho más interesante.

Gordon se apoyó en el codo izquierdo y con la mano derecha le recorrió todo el cuerpo, desde las clavículas hasta la redondez de los pechos y las aristas de las costillas para llegar al terso abdomen y más abajo.

Con las lenguas y labios entrelazados en un baile sinuoso, ella llevó la mano a lo largo de sus hombros para sentir los músculos ardientes y tensos bajo la suave piel. Él dejó de besarla y le pasó la lengua por el borde del mentón hasta el lóbulo de la oreja. Como una bailarina, ella se arqueó y él le tomó un pecho con la mano, pero no se limitó a acariciárselo. Ella contuvo el aliento por la sorpresa y el placer cuando le tomó un pezón endurecido con los labios y se lo succionó. Luego, gimió cuando se lo lamió con la punta de la lengua. Siguió lamiéndoselo y mordisqueándoselo hasta que se retorció debajo de él sin poder respirar ni hablar. Sin poder contenerse, lo tomó con la mano para dirigirlo mientras levantaba las caderas. No podía pensar en el futuro ni en el pasado, solo podía pensar en el presente con el hombre que amaba. No pensaba en el escándalo ni en la moral, solo pensaba en la confianza y la pasión. Lo tendría y él la tendría a ella, se unirían como el hombre y la mujer tenían que unirse.

Cuando entró en ella, Moira se mordió el labio por el breve y agudo dolor al traspasar la delicada barrera. Él se detuvo, vaciló y la miró con una preocupación cargada de cariño.

–Debería haber esperado a que estuviéramos casados –susurró él haciendo el gesto de ir a salir.

Ella lo abrazó con fuerza porque no lamentaba nada. Daba igual lo que pasara. Aunque no volviera a verlo. Sin embargo, él volvería, estaba tan segura como que el sol volvería a salir. Él sería fiel y cumpliría su palabra porque, sencillamente, esa era su forma de ser. Como ella sería fiel y cumpliría su palabra.

–Demasiado tarde –replicó ella con una sonrisa de estímulo y amor–. Afortunadamente, es demasiado tarde. Me quede o me marche, ya soy tuya para siempre, Gordon.

Él también sonrió y el remordimiento desapareció de su rostro.

–Debería haber sabido que cuando te propones hacer algo, lo haces sin miedo, condiciones o lamentaciones –Gordon la besó en la punta de la nariz y en los ojos–. Rezo a Dios para no darte motivos de que lo lamentes jamás.

–No me los darás –le tranquilizó ella abrazándolo–. No me los darás.

La miró de arriba abajo; los pezones rosados, los pechos redondeados, la cintura esbelta y las curvas de las caderas.

–Eres muy hermosa –murmuró él.

Entonces, volvió a deleitarse con sus pechos, uno después del otro, y a acometer con una lentitud provocadora. Ella se acompasó a sus acometidas y cuando aumentó el ritmo, ella también lo aumentó. Separó los labios para dejar escapar palabras y sonidos sin saber lo que decía, salvo que continuara. No podía parar todavía. Que la tocara allí y más allá, que no parara.

Se agarró a sus hombros y se incorporó a medias para complacerlo como él la complacía a ella succionándole y lamiéndole los pezones, disfrutando cuando él gruñía levemente y empujaba con más fuerza, más deprisa, más profundamente, cada vez mejor y con más potencia que la anterior. Era como trepar a lo más alto de un almacén para llegar a algo que estaba fuera de su alcance. Algo maravilloso, algo como... ¡Aquello!

Moira apretó los dientes para no gritar con todas sus fuerzas y despertar al servicio. Se aferró a sus hombros como si tuviera miedo de caer con el cuerpo palpitante. Entonces, él pegó la boca a su hombro para sofocar el grito que brotaba de sus entrañas mientras embestía con ella y dentro de ella. Hasta que se detuvo.

Jadeante, se apartó y ella cayó sobre la almohada tan sudorosa y jadeante como él. Saciada y satisfecha. Era verdaderamente suyo como ella lo era de él.

Gordon se movió un poco y apoyó la cabeza en sus pechos mientras recuperaban el aliento. Parecía como si hubiera corrido una carrera y tuviera que descansar.

—Espero no haberte hecho daño —susurró ella—. No sabía que sería tan... tan... así...

Él se apoyó en un codo, la miró y habló con sinceridad y seriedad.

—Nunca me había sentido mejor en mi vida y nunca había formalizado un contrato más importante.

—¿Un contrato? —repitió ella sin entenderlo.

Él le pasó un mechón por detrás de la oreja.

—Sí. Un contrato verbal de que vamos a ser marido y

mujer que hemos formalizado de la manera más excitante e inusitada posible.

Ella frunció el ceño al haberse disipado parte del placer de esa noche.

—Aunque no nos casemos, no voy a demandarte por incumplimiento de un contrato.

Él la besó levemente en la frente.

—Perdóname. No quería recordarte eso. Es que tiendo a pensar en términos legales. Te prometo que yo tampoco te demandaré si cambias de idea.

—No cambiaré de idea. Sobre todo, después de esta noche —añadió ella con una sonrisa tímida.

—Entonces, confío en no haberte decepcionado —comentó él con una sonrisa tentadora.

—Ni lo más mínimo —ella frunció el ceño—. Espero no haberte decepcionado yo.

—Ni lo más mínimo. En realidad, reconozco que me siento muy gratamente sorprendido.

Él le acarició un brazo de una forma que la estremeció por la excitación. Lo que más deseaba en el mundo era quedarse toda la noche con él, pero eso era imposible por el momento. A regañadientes, se apartó de él y se sentó.

—Tengo que marcharme, Gordon, y tú tienes que descansar.

—A mi corazón le gustaría rebatir lo que has dicho, pero mi cerebro me aconseja que no sea necio —replicó él mientras también se sentaba—. Además, no quiero tener una recaída, quiero estar completamente bien lo antes posible.

—Yo también quiero que estés completamente bien lo antes posible —añadió ella mientras se levantaba de la cama y recogía el camisón.

–No te lo pongas todavía –le pidió él–. Déjame que te mire un momento a la luz de la chimenea.

–Haces que me sienta como la modelo de un pintor –comentó ella un poco avergonzada.

–Quiero grabarte en mi memoria así. Eres como una diosa, pero mejor porque eres mortal. No me sentiría capaz de hacer el amor con una diosa.

–Supongo que si no complaces a una diosa, podría convertirte en vaca o cerdo. Aunque no es que crea que fueras a decepcionarla –añadió ella mientras también miraba el cuerpo desnudo y musculoso de él.

–Será mejor que te marches –dijo él con la voz ronca y tapándose con la sábana–. Si no, es posible que me olvide de lo que me dice el cerebro y vuelva a hacer el amor contigo.

–Si eso te parece una amenaza, no es muy buena –replicó ella con el cuerpo húmedo y los pechos endureciéndose.

Los ojos de él resplandecieron por el deseo y volvió a destaparse.

–Ven, Moira, por favor.

Ella fue.

–Esta vez, tengo que irme de verdad, Gordon –susurró Moira mientras se separaba de los brazos de él–. Pronto amanecerá.

Aunque tenía motivos para estar preocupada, él suspiró y no solamente porque lamentara que se marchara. Estaba completamente agotado. También estaba completamente feliz. Nunca había estado tan feliz, ni siquiera, cuando había ganado el primer pleito para un cliente.

–Me gustaría quedarme una semana, un mes, en esta habitación.

–A mí también, pero la gente murmuraría.

Él se sentó mientras ella se levantaba. Estaba muy hermosa con el pelo cayéndole sobre su precioso cuerpo. También era inteligente y excitante. Era perfecta.

Moira se puso el fino camisón, que no tapaba gran cosa su cuerpo voluptuoso, recogió la bata y fue hasta la ventana.

–La luna está muy brillante –comentó ella con la bata sobre los pechos.

A contraluz, él podía ver el resto de su cuerpo a través de la tela y volvió a excitarse.

–Si no te apartas de la ventana, no tendré más remedio que hacerte el amor donde estás.

Ella se giró un poco hacia él.

–¿De pie junto a la ventana?

–Sí, de pie junto a la ventana.

La idea era casi irresistible. Casi, porque estarían junto a la ventana y los jardineros empezarían pronto sus tareas.

–¡No podríamos!

–No, supongo que aquí, no. Sin embargo, algún día, Moira mi amor… No junto a la ventana, pero en otro sitio…

Ella contuvo el aliento como si se hubiera quedado espantada.

–No, es tan monstruoso.

Él se quedó sorprendido de que la idea le pareciera repulsiva después de lo que habían hecho esa noche. Ella había estado tan dispuesta y desinhibida como cualquier hombre habría podido desear, tanto que le había permitido…

Moira levantó la mano y señaló al jardín con el dedo tembloroso.

–¡Es ese perro! ¡Ese perro negro y enorme está en la terraza! ¡Llama a los sirvientes! –le ordenó mientras se ponía la bata e iba corriendo hacia la puerta–. Tendrás que decir que lo has visto tú. Mi habitación no da a la terraza.

Ella se marchó y él, con un gesto de dolor y una mano en el costado, se levantó de la cama y tiró varias veces del cordón de la campanilla. Luego, fue hasta la ventana lo más deprisa que pudo, se escondió detrás de la cortina porque seguía desnudo y miró hacia la terraza y el jardín.

¡Allí estaba! Vio al mismo perro monstruoso desaparecer por detrás de un seto. Recorrió con la mirada la terraza y los jardines, pero, que el viera, el perro estaba solo.

Empezó a vestirse hasta que oyó pasos por la escalera de servicio. Solo con los pantalones puestos, abrió la puerta y vio a Moira que salía de su habitación mientras llegaban dos lacayos y su doncella. Moira, con expresión de perplejidad, llevaba la bata bien atada sobre el camisón.

–¿Qué ha pasado?

–He visto al mismo perro que vi la noche del incendio –contestó él.

El lacayo no se había abotonado completamente la chaqueta y Walters, congestionado, seguía intentando atarse el lazo al cuello.

–Avisaré al guardabosques –dijo Walters dirigiéndose hacia las escaleras.

–Y a los mozos de cuadras y a los jardineros –le ordenó Moira–. Ese perro puede tener dueño y también tienen que buscarlo.

Gordon fue a volver a su habitación para terminar de vestirse cuando Moira lo llamó.

–No iréis a ayudar en la búsqueda, ¿verdad, señor McHeath? –preguntó ella con una preocupación evidente.

–No, esperaré aquí con vos.

Capítulo 19

Poco después, vestido, afeitado y habiendo desayunado té con tostadas, Gordon se sentó con Moira en la sala e intentó que no se notara que le dolía el costado. Ella ya estaba bastante nerviosa y él no quería que se sintiera culpable por el dolor que sentía después de las actividades de la noche anterior. Estaba seguro de que no le había pasado nada grave, pero sí le dolía bastante y sería más prudente quedarse allí que ir a perseguir al perro.

—¿Por qué estaba ese perro en la casa? —preguntó ella—. ¿Crees que estaban intentando robar?

—Todo el mundo sabe que el conde es rico. Aunque Walters dice que no hay señales de que intentaran forzar una puerta.

Él no iba a contarle que un ladrón con experiencia y conocimientos podría tener un juego de ganzúas que abrirían cualquier cerradura.

—Es posible que esos vándalos se escaparan de Dunbrachie y dejarán al perro para que se apañara solo. Al fin y al cabo, los relacionaría con el ataque y el incendio —siguió él.

Él esperaba que eso fuese lo que había pasado, pero también se le ocurría otro motivo, aparte del robo, para que intentaran entrar en la casa, un motivo que tenía que ver con Moira, quien, en esos momentos, se entrelazaba y soltaba las manos sobre el regazo. ¡Cuánto le habría gustado capturarlos y entregarlos a las autoridades la noche del incendio! Si hubiese tenido más cuidado o hubiese oído a alguien que se acercaba por detrás…

No quería mentirla, pero tenía miedo de decir algo que pudiera aumentar el miedo de ella. Tampoco podía tocarla por si los veía el servicio, solo podía quedarse sentado donde estaba y ofrecerle el consuelo de su compañía. Al cabo de unas horas, ella se levantó para ir de un lado a otro de la sala.

—Creo que deberíamos llamar al alguacil –comentó ella a media mañana.

Él debería haber pensado en eso en vez de quedarse dando vueltas a lo que no podía hacer.

—Desde luego. Al menos, deberíamos decirle que hemos visto al perro.

Ella se volvió hacia él. Parecía tan triste y vulnerable que quiso abrazarla, pero no se atrevió.

—Espero que tengas razón y estén muy lejos –dijo Moira–. Preferiría que nunca los capturaran y castigaran a que siguieran merodeando por aquí.

Sin importarle el servicio, Gordon se levantó, se acercó a ella y la abrazó con delicadeza.

—No quiero imaginarme a nadie así cerca de ti. A lo mejor, deberías irte a Glasgow hoy mismo.

—No he preparado nada y los mozos de cuadra y cocheros están buscando al perro. Eso es más importante, ¿no?

–Entonces, mañana –concedió él antes de besarla con cariño.

–Me sentiría más segura si te quedaras conmigo y los dos nos marcháramos mañana. Además, ya es demasiado tarde para que salgas hoy. Al ritmo que quiere que viajes el doctor Campbell, no pasarías de Dunbrachie.

–Estaría encantado de quedarme, más que encantado.

–No quiero dormir sola esta noche –le susurró ella.

–No dormirás sola –le prometió él estrechándola contra sí y besándola.

Se oyó un disparo a lo lejos. Gordon, sobresaltado y preguntándose quién habría sido el objetivo, fue hasta la ventana con Moira detrás.

–¿Ves algo? –preguntó ella con nerviosismo.

–No. Se oyó por allá –contestó él señalando hacia unos setos que bordeaban la zona sur.

–¿Qué crees que significa?

–Un solo disparo puede significar que vieron algo pero fallaron. Aunque, a lo mejor, también alcanzaron al objetivo con un solo disparo. Tendremos que esperar para saberlo.

Afortunadamente, tuvieron que esperar poco. Un mozo de cuadras con una chaqueta de lana corta y parcheada y unos pantalones también parcheados llegó corriendo de esa dirección. Cruzó la terraza y entró cuando Moira le abrió la puerta.

–¡Jem lo alcanzó, milady! –exclamó el muchacho entre jadeos–. Era descomunal. Cargó contra él como un jabalí y Jem no pudo hacer otra cosa.

Entonces, era posible que hubieran abandonado al perro. Si era así, si estaba asustado y desesperado, solo podía compadecer al pobre animal.

–¿Visteis a alguien con el perro? –preguntó Gordon–. ¿Visteis a alguien desconocido?

–No, solo al perro.

Moira tomó la mano de Gordon y él notó que estaba temblando. No la dejaría mientras esos hombres a los que habían pagado para asustarla pudieran seguir por allí con o sin perro.

–Han alcanzado a Dan, han alcanzado a Dan –se lamentó Charlie sentado en el granero abandonado del conde–. Deberíamos habernos quedado aquí y que tú consiguieras tus conejos.

–Cierra el pico –le ordenó Red con los dientes apretados–. Solo era un perro.

–¡Era más listo que lo que tú serás en toda tu vida! –replicó Charlie mirándolo con furia.

–¡No tan listo como para que no lo mataran! Habría sido peor que nos capturaran a nosotros.

–No deberíamos haber venido aquí –insistió Charlie–. Deberíamos habernos quedado en la cueva. No, deberíamos habernos quedado en Glasgow. Te dije que era demasiado arriesgado, que no podíamos confiar en él. Los hombres que han prosperado desde cero pueden ser peores que los ladrones, ¿crees que es solo suerte? La mitad de ellos consiguen que los piratas parezcan unos caballeros. Sin embargo, dijiste que sería dinero fácil. Yo, como un idiota, te hice caso y ahora mi Dan está muerto.

–¡Deja de lloriquear! Eso no habría pasado si hubieras mantenido atado al maldito perro como te dije –replicó Red.

–No le habría gustado.

–Supongo que le gustará estar muerto…

Charlie enseñó los dientes como un lobo al gruñir.

–Está muerto por tu culpa, por tu estúpido plan que debería habernos enriquecido. ¿Dónde está el resto del dinero? Rafe y mi perro están muertos y nosotros estamos aquí, atrapados como ratas en la ratonera –Charlie se levantó aunque tuvo que agachar la cabeza para no golpearse con lo que quedaba de tejado–. Bueno, yo no voy a quedarme. No voy a dejar que me atrapen y me cuelguen. He perdido a mi perro, pero no voy a perder también mi vida.

Red también se levantó y le tapó el paso a la escalera.

–Si es lo que quieres hacer, adelante. Más dinero para mí.

–Entonces, ¡quítate de mi camino!

Red se apartó y Charlie empezó a bajar con la mirada clavada en los escalones. Red empujó la escalera con un pie.

–¡Eh! –exclamó Charlie mientras intentaba agarrarse a algo como fuera.

Encontró la pierna de Red y se agarró a ella como un náufrago a una tabla de madera.

–¡Suelta! ¡Maldito seas! ¡Suelta la pierna! –gritó Red.

La escalera se tambaleó como un marinero borracho y él notó que lo arrastraba hacia el borde. Se oyó un grito, un golpe y un quejido. Luego, el silencio fue absoluto.

Gordon, después de lo que le había parecido el día más largo de su vida, se sentó en el dormitorio azul vestido solo con los pantalones y la camisa y con la cabeza cansinamente apoyada en la mano. ¿Aquellos vándalos que lo habían atacado habían abandonado a la pobre bestia o seguían por los alrededores esperando a poder hacer más daño a Moira? Afortunadamente, Moira iba a marcharse a Glasgow aunque él no sabía cuánto tardaría en verla otra vez.

Al menos, el costado ya no le dolía…

La puerta se abrió y Moira entró con la misma bata y camisón y el pelo suelto por encima de los hombros. Dejó caer la bata y él se acercó para encontrarse con ella en el centro de la habitación.

–Moira… –susurró él mientras la abrazaba con fuerza.

–Gordon… –susurró también ella mientras se ponía de puntillas para besarlo–. Llévame a la cama, Gordon. Llévame a la cama y ámame para que me olvide de lo que ha pasado hoy aunque sea un rato.

–Encantado.

No solo le encantaba amarla, también quería olvidar.

Cuando Moira abrió los ojos, un rayo de sol estaba entrando por la rendija entre las cortinas. Sin embargo, eso no fue lo que la había despertado, como tampoco lo fueron los cantos de los pájaros o los mugidos de las vacas que esperaban que las ordeñaran. Fue la doncella que estaba recogiendo los rescoldos de la chimenea del dormitorio azul. Moira se quedó sin respiración hasta que se dio cuenta de que se había quedado dormida detrás de Gordon y que la doncella no podía verla.

Debería haber vuelto a su habitación después de que hicieran el amor maravillosamente, pero quedó tan saciada y satisfecha, tan a gusto y a salvo, que no quiso apresurarse y le preguntó a él por su familia. Luego, se acurrucó a su lado mientras le hablaba de sus padres fallecidos, de los sueños y esperanzas que tuvieron con él y de los sacrificios que tuvieron que hacer para darle una educación, lo que hacía que admirara tanto sus esfuerzos para abrir un colegio. Eso, además, lo puso al servicio del apreciado Robbie cuando era un muchacho impresionable que quería hacer amigos en el colegio a toda costa.

Ella le habló de su madre, quien le dio clase en casa hasta que murió, y del tiempo que pasó en el colegio después. También le habló de cuando iba a los almacenes con su padre y trepaba libre como un mono, sus recuerdos más felices hasta que le conoció a él.

Luego, se quedaron en un silencio muy agradable. Quería haberle preguntado por sus estudios legales, pero se quedó dormida.

La espera a que la doncella terminara fue un tormento muy largo, y más tenso, además, por el miedo a que Gordon se despertara y le hablara o se diera la vuelta y la dejara al descubierto.

Por fin, oyó a la doncella que se levantaba, pero en vez de marcharse inmediatamente, se quedó de pie junto a la chimenea. ¿Por qué? Se preguntó ella antes de pensar que quizá estuviese admirando a Gordon. Las sábanas solo le tapaban el torso inferior y las piernas. ¿Qué mujer no estaría tentada de quedarse mirando? Notó que el cuerpo de Gordon se ponía tenso y que se le aceleraba la respiración. Debía de estar despierto también pero, prudentemente, no se había movido.

Por fin, la doncella recogió el cubo con rescoldos y los cepillos, salió de la habitación y cerró la puerta. Moira soltó el aire que había estado conteniendo y Gordon se volvió para mirarla con una sonrisa irónica.

–Ha podido ser una calamidad –comentó él.

–Ha podido serlo, pero no lo ha sido –replicó ella besándolo levemente–. En cualquier caso, tengo que marcharme. Mi doncella también irá a mi habitación y si no me encuentra allí, se preguntará por qué. Podría dar la voz de alarma y empezar a buscarme después de lo que pasó ayer.

Aunque estaba decidida a marcharse, dejó que él la estrechara contra sí.

–Voy a echarte de menos. Ya te echo de menos –dijo él.

–¡Pero si estoy aquí! –exclamó ella intentando no pensar en la inevitable separación.

–¿Qué crees que dirá tu padre cuando se entere de que quiero casarme contigo?

–Y de que yo quiero casarme contigo –añadió ella.

Moira le acarició el hombro y el costado. En parte, para tocarlo, pero también para cerciorarse de que no estaba sangrando. Afortunadamente, el vendaje estaba seco, pero la preocupación por la reacción de su padre al matrimonio con Gordon no se había disipado.

–Él dijo que quería que me casara –siguió ella.

–¿Con un abogado?

–No dijo nada sobre la profesión de mi marido.

–No hace falta. Ahora, él es un conde y tú una dama. Sin duda, pensará que deberías casarte con un noble.

Ella le apartó el pelo de la frente y lo besó en la mejilla.

–No deseo un marido noble, te deseo a ti. Tanto como tú me deseas a mí ahora –añadió ella, que estaba muy cerca de él.

Él la tumbó de espaldas y se puso encima apoyado en los codos.

–Te deseo ahora y te desearé el resto de mi vida.

Él se inclinó para besarla delicadamente en los labios y luego se apartó con una sonrisa apenada.

–Desgraciadamente, si no queremos que nos sorprendan juntos, tienes que volver a tu habitación y dejarme aquí para que me vista y vuelva a Edimburgo para empezar a cerrar mi despacho.

Moira no podía creerse que él fuera a hacer eso por ella.

–Escríbeme a Glasgow –le pidió ella.

Moira se levantó, se cubrió con la colcha y fue hasta el pequeño escritorio que había en un rincón para escribir su dirección.

–Estaré en… ¡No! –exclamó Moira al ver su bata en el suelo y casi debajo de la cama por el lado de él–. La doncella ha podido ver la bata. A lo mejor eso era lo que miró tanto tiempo.

–No lo creo. La habitación estaba oscura cuando entró y sigue bastante en penumbra. Confieso que abrí un poco los ojos para ver por qué no se había marchado y estaba… –Gordon esbozó una sonrisa tímida–. Bueno, estaba mirándome a mí. Si sospechó algo, fue porque me ruboricé. No estoy acostumbrado a que me miren así.

Era lo que ella se había supuesto y suspiró con alivio. Luego, sonrió, recogió el camisón, que estaba en su lado de la cama, y se lo puso.

–Será mejor que te acostumbres, Gordon McHeath, porque pienso mirar tu cuerpo desnudo siempre que pueda.

–Solo si yo también puedo admirar el tuyo.

Ella se rio levemente con el cuerpo estremeciéndose tanto por la idea de que la mirara como porque en ese momento ya estaba observándola atentamente.

–Tengo que irme de verdad.

Gordon no intento disuadirla. Al fin y al cabo, tenía razón. Las cosas se complicarían mucho para los dos, pero sobre todo para ella, si llegaba a saberse que habían dormido juntos. Sin embargo, era difícil observarla y darse cuenta de que pasarían semanas antes de que volvieran a estar juntos, por no decir nada de casarse, y de que muchas cosas podían pasar durante todo ese tiempo.

Entonces, pasó algo. Se oyó una voz conocida que bramaba desde el recibidor.

–¡Quiero verlos a los dos y quiero verlos ahora mismo!

Capítulo 20

Los dos se miraron atónitos al reconocer el alarido de Robbie y antes de salir corriendo juntos hacia la puerta.

–Tengo que ir a mi habitación y vestirme –comentó Moira, que llegó primero–. Quédate aquí, iré a ver qué quiere.

–No, déjame que hable con él.

–Creo que el mayordomo está subiendo –susurró Moira mientras abría la puerta–. Sean cuales sean sus motivos, no tiene derecho a venir aquí y exigir nada.

Naturalmente, tenía razón, pero, seguramente, Robbie no había reparado en eso porque estaba acostumbrado a salirse siempre con la suya.

Sería preferible que se diera prisa y llegara primero. No iba a esconderse para que Moira lidiara sola con Robbie.

Gordon se vistió todo lo deprisa que pudo. Ya se afeitaría más tarde. Estaba abotonándose la camisa cuando llamaron a la puerta. Abrió y se encontró con el nervioso mayordomo.

–Siento molestaros, señor, pero sir Robert McStuart ha llegado y desea hablar con vos inmediatamente.

Fue una manera muy educada de decir que Robbie lo había exigido a gritos.

–¿Dónde está?

–En la sala.

–Dile que bajaré enseguida.

–Sí, señor.

Afortunadamente, Moira tardaría más en vestirse y, con un poco de suerte, podría sacar a Robbie de la casa antes de que ella lo viera y hablara con él.

–¿Está bebido?

–Creo que sí, señor –contestó Walters inclinando la cabeza con un gesto serio.

–Gracias, Walters.

Gordon volvió a entrar en su habitación para terminar de abotonarse la camisa. Ni siquiera se puso el lazo para cerciorarse de que terminaría antes que Moira. Aun así, cuando salió del dormitorio azul, ella estaba vestida y saliendo del suyo. Llevaba un vestido de muselina verde claro y se había limitado a recogerse el pelo sencillamente alrededor de la cabeza.

–Moira, no hace falta que bajemos los dos. Es mi amigo, déjame que hable yo con él.

–No soy una niña, Gordon –replicó ella con firmeza–. Quiera lo que quiera Robbie, también me incumbe a mí.

Él debería haber sabido que ella no iba a eludir esa dificultad.

–Muy bien, pero según Walters, está bebido.

–Tengo cierta experiencia en tratar con hombres bebidos –le recordó ella en tono sombrío.

Empezaron a bajar las escaleras. Él deseaba con toda su alma que ella no lo hiciera, que él pudiera borrar de alguna manera esa parte de su pasado y que se olvidara de cualquiera que la hubiera apenado. Sin embargo, no podía. Lo único que podía hacer era tomarle la mano mientras se dirigían hacia la sala sin importarle quién pudiera verlos. El mayordomo y dos lacayos esperaban en la puerta de la sala.

–Son refuerzos por si pudiéramos necesitarlos –comentó Moira con alivio mientras entraban.

Robbie, que estaba muy nervioso, iba de un lado a otro como los prisioneros que Gordon había visto en las celdas. Además, no estaba solo. En un rincón había un hombre delgado de edad indeterminada, con chaqueta y pantalón negros, camisa blanca, un lazo con un nudo muy sencillo y el pelo con brillantina y peinado hacia atrás.

Robbie los señaló, los miró con furia y se dirigió a ese hombre.

–¿Lo veis? ¡Están aliados!

–Robbie, tranquilízate –le ordenó Gordon en tono serio mientras se acercaba.

–¡Menudo consejo viniendo de un traidor! –exclamó su amigo–. ¿Desde cuándo sois amantes? ¿Desde que, aparentemente, te hirieron? ¿Desde antes? A lo mejor os conocisteis en Edimburgo y por eso ella rompió el compromiso.

–Gordon no ha tenido nada que ver para que rompiera el compromiso –replicó Moira tajantemente–. El estado en el que te encuentras ahora tuvo todo que ver. Descubrí que eres un bebedor y un mujeriego. Por eso no quise casarme contigo.

Robbie esbozó una sonrisa despectiva.

–¿Vas a decirme que no sois amantes?

–No voy a decirte nada que no sea de tu incumbencia –contestó Moira poniéndose muy recta.

–Robbie, podemos hablar de esto… –empezó a decir Gordon en tono conciliador.

–¿Más tarde? –le interrumpió Robbie–. No. Me has engañado todo este tiempo, Gordo. Creía que eras mi amigo, que velabas por mis intereses. Sin embargo, estabas acostándote con mi enemigo. ¡No te atrevas a intentar negarlo! Vi la mirada en sus ojos cuando me dijo que estabas demasiado enfermo como para moverte de aquí. ¡Solo fue una excusa para poder estar juntos delante de las narices de todo el mundo! ¡Es posible que los hayáis engañado a ellos, pero no a mí!

Robbie lanzó un puñetazo a Gordon. Moira gritó y Gordon esquivó el golpe. Walters y los lacayos irrumpieron en la habitación y sujetaron los brazos del noble.

–¡Lárgate! –ordenó Moira señalando hacia la puerta de la sala–. ¡Fuera de mi casa!

–No me iré hasta que te diga por qué he venido –replicó Robbie intentando zafarse de los sirvientes.

–Me da igual el motivo. Lleváoslo –ordenó Moira a los lacayos.

–Milady, un momento si no os importa –intervino el desconocido adelantándose un paso y mirando a Robbie–. Aunque comprendo que estéis alterado, sir Robert, si os serenáis podríamos transmitir nuestras intenciones y cuanto antes lo hagamos, antes podremos llegar a un acuerdo. Señor McHeath, hay un asunto legal importante que tenemos que hablar.

Gordon comprendió que ese hombre también tenía que ser abogado. Robbie dejó de forcejear y Moira hizo un gesto a los lacayos, quienes lo soltaron y retrocedieron un paso.

Ese no era ni el momento ni el lugar para hablar de

un asunto legal, sobre todo, con Robbie alterado y furioso.

—No sé quién sois, señor, pero si lady Moira desea que os marchéis…

—¡Lo deseo! —intervino ella.

—Entonces, os pido que dejéis vuestra tarjeta y ella se pondrá en contacto con vos para tener una reunión más adecuada sin la imprevisible presencia de sir Robert.

—¡Te has cambiado de bando después de todo lo que he hecho por ti! —bramó Robbie—. ¡Nunca pensé que fueses a traicionarme por una mujer veleidosa!

—Robbie, será mejor que te marches y te lleves a este hombre —le aconsejó Gordon cerrando los puños.

Moira miró al mayordomo, quien volvió a acercarse acompañado por los lacayos.

—Nos marcharemos —concedió Robbie—, pero no todavía. Adelante, McBean, dadle los documentos.

McBean sacó unos folios doblados de su chaqueta.

—No solo voy a seguir demandando a Moira, voy a pagarte con tu misma moneda y también voy a demandarte a ti —declaró Robbie en tono triunfal—. Como sabrás, Gordo, viejo amigo, los escoceses tienen una cosa muy graciosa que se llama «acto ilícito civil». Eso significa que puedo demandarte por haber hecho algo que lesiona los intereses de otra persona. En teoría, tú representabas mis intereses, no los de lady Moira. Sin embargo, me traicionas e intentas convencerme para que no presente una demanda que puedo ganar fácilmente, como afirma McBean, aquí presente. ¿Cómo consiguió ella que hicieses eso? —Robbie la miró con desprecio—. Creo que todos podemos imaginárnoslo.

—¡Basta de despreciables insinuaciones! —exclamó

Moira acercándose a él–. ¡Si vuelves a decir algo parecido, te demandaré por difamación!

En cuanto las palabras salieron de su boca, ella se dio cuenta de que no había sido muy prudente al decirlo. El rostro de Robbie se enrojeció más por la ira. Gordon se acercó apresuradamente y se interpuso entre los dos.

–Robbie, ya está bien. Demándame si quieres, estás en tu derecho, pero hablaremos de esto más tarde, cuando todos estemos más tranquilos.

–Entonces, ¿no vas a intentar negar la acusación? Bien hecho –dijo Robbie en un tono desdeñoso mientras sonreía al mirar a Moira–. Gracias a Dios que no me casé contigo o me habrías puesto los cuernos antes de un año.

–¡Eres un… ser rastrero! –gritó Moira.

–Robbie, márchate ahora o te sacaré yo mismo de aquí –le avisó Gordon.

–¡Si lo haces, te acusaré de agresión!

–Correré el riesgo.

Las palabras de Gordon, frías y tajantes, hicieron que Robbie palideciera.

–Me reuniré contigo donde y cuando quieras, excepto aquí –siguió Gordon–, donde podamos hablar como caballeros civilizados.

–El único sitio donde quiero veros a cualquier de los dos es en un tribunal –afirmó Robbie–. Que gane el mejor. Probablemente, dentro de un año estarás arruinado, Gordo.

–Lo dudo. Al fin y al cabo, puedo representarme a mí mismo. Señor McBean, espero que os haya pagado un anticipo sobre los honorarios. Si no, os recomiendo que lo pidáis inmediatamente.

–Creo que puedo velar por mis intereses –replicó el abogado–. También creo, sir Robert, que sería aconsejable que nos marchásemos. Pelearnos como rabaneras no va a llevarnos a ninguna parte.

–Estoy de acuerdo –dijo Gordon tomando la mano de Moira–. Buenos días, señor McBean.

Gordon no le dijo nada a Robbie mientras el señor McBean inclinaba levemente la cabeza como si acabaran de tener una conversación tranquila y racional.

Robbie, con el ceño fruncido, se dirigió hacia la puerta seguido por el abogado hasta que todos oyeron claramente un carruaje que se detenía delante de la casa. Walters se alejó apresuradamente seguido por uno de los lacayos; el otro se quedó detrás para vigilar a Robbie y a su abogado.

Moira, seguida por Gordon, fue a la ventana para ver quién había llegado. Se quedó boquiabierta el ver la divisa en la puerta del carruaje.

–¡Mi padre! ¡Ha vuelto!

Ella sintió alegría y miedo. ¿Podía haber elegido un momento peor para volver?

–Vaya, esto es muy interesante –comentó Robbie con una sonrisa perversa mientras volvía a la habitación–. A juzgar por vuestra expresión, el recién nombrado conde no sabe nada de vuestra aventura de amor. Un poco ruin por vuestra parte, ¿no os parece mi todopoderosa y juiciosa lady? Además, tampoco es muy decente, ¿verdad, Gordo? Es una suerte que McBean y yo estemos aquí. El pobre hombre sabrá qué tipo de víbora ha alojado en su casa.

–Robbie, si le dices una palabra a mi padre, ¡lo lamentarás!

–¿La habéis oído, McBean? –le preguntó Robbie a

su abogado–. ¡Me ha amenazado! Seguramente, la ley dirá algo al respecto.

–Robbie, si te marchas sin hablar con el conde –intervino Gordon antes de que McBean pudiera contestar–, no me opondré a tu demanda y pagaré los daños y perjuicios que pidas.

–¿Habéis oído eso, McBean? –repitió Robbie con una sonrisa despiadada–. Es posible que acepte lo que propones, Gordo, o también es posible que prefiera ver la cara que pone el conde cuando se entere de lo que ha estado haciendo su maravillosa hijita bajo el techo de su casa.

Si Robbie o McBean esperaban que Moira se quedara de brazos cruzados, estaban muy equivocados. Ella se dirigió a los lacayos con la espalda tan recta como la de un capitán en el puente de mando de su barco.

–Sacad a sir Robert por la puerta de la cocina. Arrastradlo si hace falta, pero sacadlo de aquí inmediatamente.

Robbie se puso rojo como un tomate.

–No os atreveréis a ponerme una mano encima –Robbie golpeó a Gordon en el pecho con la punta de un dedo y con la voz temblorosa por la furia–. En cuanto a ti, canalla ingrato, fui amigo tuyo cuando nadie quería serlo en el colegio, te ofrecí mi confianza, te traté como a un igual y así me lo agradeces.

–Nunca me trataste como a un igual –replicó Gordon–. Me trataste como a tu sirviente, quizá, como a un animal de compañía, pero nunca como a un igual.

–Voy a sacarte hasta el último céntimo que tengas, Gordo, hasta el último penique que hayas ganado porque yo cargué con tu culpa hace tantos años. Sin embargo, lo has olvidado, ¿verdad? Has olvidado lo que me debes entre las piernas de esa mujer.

–No lo he olvidado –replicó Gordon–. No he olvidado cómo me utilizaste para pelear por ti y para que ganaras dinero con las apuestas, hasta aquí. No he olvidado todas las bromas a mi costa. Te agradezco que cargaras con la culpa de aquel robo, pero conseguí el puesto de secretario y mi propio despacho gracias a que he trabajado mucho. No voy a dejar que me lo arrebates sin pelear, Robbie. Sin embargo, lo peor es que intentaste utilizarme para hacer daño a Moira.

–¿Daño? ¿Qué crees que me hizo ella a mí cuando me rechazó después de aceptar mi petición de matrimonio?

–Si dañé algo, solo fue a tu orgullo –intervino Moira–. Nunca me amaste. Nunca me deseaste de verdad. Solo deseabas mi dote porque necesitabas el dinero.

Robbie la miró con incredulidad y se tambaleó mientras retrocedía.

–¿Cómo lo has…? ¡Gordon! ¿Se lo dijiste?

–No le he dicho nada sobre tu situación económica, Robbie.

–¡No te creo! Se lo dijiste. ¡Le has contado todo y todo el mundo en Escocia sabrá que sir Robert McStuart está arruinado! ¡Humillado por una mujer y arruinado!

Robbie sacó una pistola de su chaqueta.

–Robbie, ¿qué haces con mi pistola? –le preguntó Gordon con cautela.

Gordon se puso delante de Moira sin dejar de mirar el arma que había llevado desde Edimburgo. Los ojos de Robbie se llenaron de lágrimas y se llevó el cañón de la pistola a la sien.

–¿Qué te importa lo que haga? ¿Qué te importa si estoy vivo o muerto? Tienes tu profesión y ahora también tienes a Moira; yo solo tengo deudas, humillación y vergüenza.

–Robbie, por favor, baja el arma –le pidió Moira en tono suplicante.

–¿Por qué? No creo que tampoco te importe.

–¡Me importa! No quiero que mueras.

La expresión de Robbie se endureció y apuntó a Gordon

–No te creo, pero sí te importa él.

–¿Puede saberse qué significa todo esto? –preguntó el conde desde la puerta.

Robbie, sobresaltado, se dio la vuelta y la pistola explotó con un estruendo y olor a pólvora. Moira gritó y McBean dejó escapar un alarido. Gordon se abalanzó sobre Robbie y le agarró el brazo para intentar arrebatarle el arma.

Llegó un gemido desde la puerta mientras Moira corría hacia su padre. El conde, pálido como la cera, se agarraba al marco de la puerta con una mancha roja en el cuello que se extendía por el lazo blanco.

–¡Papá! –gritó Moira mientras lo agarraba de la cintura–. ¡Papá!

Gordon quiso ayudarla, pero no se atrevió a soltar a Robbie, quien seguía sujetando la pistola. Lo empujó hacia la pared con la intención de golpearle la mano hasta que la soltara. Robbie intentó mantenerse en su sitio, pero Gordon consiguió moverlo poco a poco y le golpeó la mano contra la pared. Robbie dejó caer la pistola y Gordon creyó que había claudicado. Se equivocó y cuando lo soltó ligeramente, Robbie se abalanzó sobre Gordon y lo desequilibró. Al intentar recuperar el equilibrio, sintió un dolor muy agudo en el costado. Robbie, tambaleándose, corrió hacia la puerta abierta y pasó de largo junto al conde, tumbado en el suelo, y Moira, arrodillada a su lado. Los lacayos intentaron interceptarlo, pero él, con un gesto desesperado, los apartó de su camino.

–¡Dejad que se vaya! ¡Traed al médico! –gritó Moira a los lacayos cuando fueron a perseguirlo.

Gordon, con la mano en el costado, corrió hacia la puerta. Con una fugaz mirada comprobó que no podía hacer nada. El conde tenía los ojos cerrados y la camisa ensangrentada, pero, afortunadamente, todavía respiraba.

–¡Gordon! –gritó Moira cuando él pasó a su lado.

–¡Tengo que encontrar a Robbie! –gritó él mirando hacia atrás.

Independientemente de lo que hubiera hecho y de lo que fuera a pasar, no quería que Robbie acabara con su vida y temía cuál podía ser su próximo y desesperado paso.

Capítulo 21

Dos cocheros y varios lacayos de librea esperaban junto a los carruajes del conde y de Robbie preguntándose qué podía estar pasando.

Dos cocheros y dos carruajes significaban que Robbie había huido a pie, que estaría demasiado alterado como para montarse en su carruaje o que temería que su cochero se negara a mover el vehículo aunque se lo ordenase.

—¿Dónde está sir Robert?

—Se marchó dando tumbos por allí —contestó uno de los cocheros señalando hacia un seto—. Le costaba mantenerse en pie y creo que estaba llorando. Oímos un disparo en la casa. ¿Qué está pasando, señor?

—Trae al doctor Campbell inmediatamente —ordenó Gordon al cochero del conde sin contestar la pregunta—. Acompáñalo al pueblo —ordenó también al lacayo que tenía al lado—. Buscad al alguacil y decidle que han disparado al conde. Que reúna a un grupo de hombres para buscar a sir Robert. Decidle también que sir Robert no abandone su casa si va allí y que lo detengan si lo encuentran en otro sitio.

Gordon se dio la vuelta para dirigirse al lacayo que lo había seguido fuera de la casa.

–Reúne a los demás lacayos y mozos de cuadra para que busquen a sir Robert por los terrenos de la casa. Que lleven escopetas, pero que no disparen si no saca un arma, aunque dudo que lleve una.

–Sí, señor –dijo el lacayo inclinando la cabeza antes de marcharse corriendo.

El cochero también inclinó la cabeza y se subió al carruaje del conde. Azuzó a los caballos con el látigo y el vehículo se puso en marcha.

Gordon, con la mano en el costado, empezó a correr detrás de su amigo, quien no estaba en condiciones de llegar muy lejos y a quien iban a acusar de intento de asesinato o, quizá, de homicidio. Al fin y al cabo, había estado borracho y todavía lo estaba a juzgar por las pisadas y ocasionales marcas de las manos que se veían en la hierba que llevaba hacia el seto. Atravesó el seto y entró en el bosque. También era fácil seguir a Robbie por allí gracias a las ramas rotas, las plantas aplastadas y a algunas huellas en el barro. Ascendió pequeñas elevaciones y bajó hondonadas, pasó entre rocas y por suelo pedregoso y la persecución se complicaba más a medida que se alejaba de la casa. Robbie no parecía dirigirse a su casa o al pueblo. Quizá se hubiese dado cuenta de que lo encontrarían más fácilmente si iba allí.

Por fin, Gordon oyó lo que parecía un ciervo herido abriéndose paso entre los matorrales o, a juzgar por los improperios, un hombre borracho, asustado y desesperado que intentaba escapar.

–¡Robbie, párate! –gritó con el poco aliento que pudo reunir apoyándose en un árbol.

El costado le dolía mucho cada vez que respiraba y

las piernas, también muy doloridas, podían acabar agotándose. Aun así, no iba a darse por vencido. Tenía que encontrar a Robbie y salvarlo de sí mismo a pesar de todo lo que había dicho. Como quizá hubiera podido salvarlo hacía unos años si hubiese mantenido el contacto con él, si no hubiese estado tan ocupado con su profesión, si se hubiese dado cuenta antes de lo trastornado que estaba Robbie y de a donde acabaría llevándole la bebida, el juego y la lujuria.

Se apartó del árbol para seguir la persecución por un estrecho sendero. Más de una vez estuvo a punto de caer al tropezarse con una raíz, pero a la tercera, se paró y se inclinó hacia delante con las manos en los muslos y casi superado por el dolor. Solo oía su respiración entrecortada. No podía oír pájaros, ni el rumor de las hojas por el viento o porque alguien las pisara. Era como si Robbie se hubiese esfumado.

Entonces, vio una pequeña construcción de piedra con cubierta de madera casi escondida entre la arboleda. Parecía la cabaña que utilizaba un guardabosques para almacenar sus útiles de trabajo o un granero abandonado. Empezó a acercarse lo más silenciosamente que pudo. No tenía ni ventanas ni chimenea y la cubierta se había desplomado por la parte de atrás, pero sí tenía una puerta. Una puerta abierta. Se acercó con mucha cautela y miró por la rendija.

Vio a Robbie de espaldas a la puerta con los brazos caídos a los costados y balanceándose mientras miraba lo que parecía un montón de ropas en el suelo debajo del borde de un altillo. También había trozos de madera, como si fuera una silla rota… o una escalera.

Gordon miró con más detenimiento y comprobó que no era un montón de ropa, eran dos hombres, los cuerpos de dos hombres que reconoció inmediatamente. Eran los hombres que lo habían atacado e incendiado el colegio de Moira.

Había un charco de sangre debajo de la cabeza del hombre pelirrojo que llevaba ropa basta y remendada. Además, tenía el brazo izquierdo doblado en un ángulo muy raro y las piernas muy separadas. El otro hombre, más bajo y viejo, estaba hecho un ovillo de costado y con los ojos cerrados, como si se hubiese quedado dormido.

¿Habría Robbie…? No. La sangre de sus ropas estaba seca, por lo que esos cuerpos llevaban bastante tiempo allí. Gracias a Dios por eso y gracias a Dios porque ya no podrían hacer nada a Moira ni a nadie más. Robbie tragó saliva y se atragantó, retrocedió, se dio la vuelta y vio a Gordon. Su expresión pasó del miedo y la consternación a una desesperación furiosa.

−¡No dejaré que me atrapes! −gritó mientras retrocedía hasta el charco de sangre−. ¡Yo no he hecho esto! −su expresión volvió a cambiar y pareció un niño asustado−. ¡No quise matar al padre de Moira! ¡La pistola se disparó! ¡Fue un accidente, Gordo! ¡No voy a ir a la cárcel! ¡No puedes mandarme a la cárcel!

−El conde estaba respirando cuando me marché −le explicó Gordon en tono sereno−. Tienes que acompañarme. Si fue un accidente…

−¡Lo fue! Lo fue, Gordo, lo juro por mi vida. Nunca le haría nada al padre de Moira, nada así. Quiero decir, una cosa es una demanda… Yo nunca… asesinaría. Tienes que creerme.

−Te creo. Ahora, sal de ahí, Robbie.

−Los encontré así, Gordo. Ya estaban muertos.

−Puedo comprobarlo porque tienen la sangre seca

–Gordon pensó que ya no tendría la oportunidad de saber si Robbie estaba compinchado con ellos–. ¿Los co-
noces? ¿Los habías visto antes?

–¡No! ¡Nunca! ¿Quiénes son? ¿Tú los…? –Robbie
dejó escapar un gruñido y miró a Gordon con los ojos
fuera de las órbitas–. Son los hombres que intentaron
matarte, ¿verdad? –Robbie cayó de rodillas y junto las
manos como si suplicara que le perdonara la vida–. ¡No
tuve nada que ver con aquello, Gordon! ¡Lo juro! No
había visto jamás a estos hombres. ¡Gordo, por favor,
tienes que creerme! Por muy furioso y dolido que estuviera, nunca contrataría a unos hombres para que quemaran el colegio de Moira y te dieran una paliza.

Gordon lo creyó. Estuvo completamente seguro de
que decía la verdad al verlo suplicante y de rodillas.
Robbie, independientemente de lo que fuese, no había
caído tan bajo como para asesinar o contratar a unos
hombres para que lo hicieran por él. No había llevado a
esos hombres para que atormentaran a Moira y quemaran su colegio. Sintió un alivio enorme y ya solo quería
llevarse a Robbie de allí.

–Vámonos, Robbie. Acompáñame a casa del conde.
Luego, te acompañaré a tu casa y podremos hablar de lo
que vamos a hacer. Tendrás que hacer frente a acusaciones, pero yo creo….

Robbie, con el rostro desencajado por el miedo, casi
se cayó al tropezarse con el hombre más bajo mientras
retrocedía.

–¡No! –gritó mientras recuperaba el equilibrio–. ¡No
iré a la cárcel!

El hombre bajo con el que se había tropezado se movió, abrió los ojos y dejó escapar un susurro.

–Por el amor de Dios… Ayudadme…

Robbie soltó un grito de terror, salió corriendo, apartó a Gordon y se dirigió hacia la puerta.

Gordon hincó una rodilla en el suelo y el hombre bajo le agarró la pernera antes de que pudiera levantarse.

–Por el amor… de Dios… Tened piedad…

Gordon quiso salir detrás de Robbie, pero no podía dejar a ese hombre así, independientemente de lo que hubiese hecho. Además, estaba agotado y dolorido. ¿Hasta dónde podría seguirlo? Por otro lado, Robbie era presa del pánico y no pensaba con claridad. Los hombres lo encontrarían fácilmente.

–No te abandonaré –le dijo al hombre herido.

Gordon se levantó, miró alrededor y vio un cubo medio lleno de agua en un rincón. Lo arrastró hasta el hombre y le dio de beber con las manos. El hombre la tragó con dificultad, se tumbó y cerró los ojos con un suspiro.

–¡Señor McHeath! –exclamó un lacayo jadeante desde la puerta–. ¿Estáis herido?

–No más que antes –contestó Gordon levantándose y señalando al hombre que estaba en el suelo–. Este hombre está gravemente herido. Ayúdame a llevarlo a la casa. ¿El conde…? –preguntó Gordon mientras el lacayo se acercaba.

–Lo han tumbado en un sofá y están esperando al médico.

Moira, con dedos temblorosos y sin importarle la sangre que manchaba el damasco del sofá, empezó a quitarle el lazo a su padre. Respiraba con dificultad, estaba pálido como la cera, tenía los labios amoratados y

gemía un poco. Al menos, estaba vivo, se repetía ella
una y otra vez mientras se mordía el labio. Por fin, consiguió deshacerle el nudo, le quitó el lazo y pudo ver la
herida. Solo era un rasguño gracias a Dios. Además, el
médico llegaría pronto. Walters le había dicho que Gordon había mandado a un hombre a buscarlo y a otros a
buscar a Robbie.

Moira utilizó el pañuelo que sacó del bolsillo de su
padre para limpiar la herida sangrante. Afortunadamente, la bala no había entrado en el cuello. Aliviada por su
padre, empezó a pensar en Gordon. Volvería pronto,
con Robbie o sin él, pero seguramente no debería andar
mucho y menos aún perseguir a alguien.

–Moira… –susurró su padre.

Ella volvió a limpiarle la herida y se inclinó hacia él.

–¿Sí, papá?

Él seguía con los ojos cerrados y agarrándole la
mano.

–Lo siento, lo siento mucho…

¿Qué sentía? ¿La discusión? ¿Haberle retirado el apoyo para el colegio? ¿Beber?

–No pasa nada, papá. Estate quieto hasta que llegue
el médico.

Él entreabrió los ojos.

–Estoy muriéndome, Moira, y antes tengo que decirte…

–No está muriéndote –le tranquilizó ella–. La bala
solo te rozó el cuello.

Él le apretó la mano con más fuerza.

–Estoy muriéndome y no puedo morirme con esto en
la conciencia –el conde cerró los ojos, volvió a abrirlos
y tragó saliva–. Yo contraté a esos hombres para que
quemaran tu colegio.

Ella le soltó la mano como si quemara.

–¿Tú...? –preguntó Moira sin poder creerse lo que había oído–. No puede ser. Lo financiaste hasta hace nada.

–Creí que te darías por vencida cuando Jack Mac-Kracken y los otros... Debería habérmelo imaginado. Eres obstinada... No pude hacer otra cosa. Tenía que detenerte de alguna manera –susurró él cerrando los ojos.

–Incendiar el colegio fue una locura, ¡pero esos hombres casi matan a Gordon!

–Yo no lo sabía... No tenía por qué estar allí. Sin embargo, tú también estabas en peligro. Demasiada oposición... Tenía miedo. Quise detenerte, salvarte como te salve de sir Robert.

Ella lo miró fijamente y con expresión de espanto.

–Todo lo que me dijiste de Robbie... era cierto, ¿verdad?

–Sí, era cierto. Todo. Podía haberme callado y dejar que te casaras con él, pero quería que no te pasara nada y que fueses feliz. Feliz como tu madre y yo.

Ella no sabía qué pensar ni qué decir. Su padre la amaba y quería que no le pasara nada, pero quemar el colegio... Contratar a aquellos hombres... Causar tanto miedo y dolor...

–Papá... ¿Por qué no hablaste conmigo?

–No tenía tiempo para convencerte. Eres tozuda como yo –él hizo una mueca de dolor–. Estoy muriéndome, Moira.

–No, no es verdad –le tranquilizó ella tomándole la mano–. Solo es un rasguño.

Oyó un alboroto en la entrada de la casa. Tenía que ser el médico o Gordon que volvía sano y salvo.

–Cuando llegue el médico, él te lo dirá. Descansa, papá, no te muevas. Volveré enseguida –le dijo ella mientras salía apresuradamente de la habitación.

No era Gordon. Era el doctor Campbell, con el ceño fruncido por la preocupación, que le entregaba el sombrero y el abrigo a Walters, quien le sujetaba el maletín negro.

–¡Milady! –exclamó el médico cuando la vio acercarse a él–. ¿Dónde está vuestro padre?

–En la sala. Al parecer la bala solo le rozó el cuello.

Ante su sorpresa, eso no pareció tranquilizar al médico.

–Gracias, milady. Lo examinaré en la sala y luego habrá que llevarlo a su habitación. En su estado, cualquier herida puede ser peligrosa.

Moira, perpleja por lo que había oído, lo agarró del brazo.

–¿Qué queréis decir con «su estado»?

–¿No os lo ha contado?

Moira intentó mantener la calma, pero el corazón se le salía del pecho.

–¿Qué tenía que haberme contado? ¿Ha ido a veros?

Él medico la miró con compasión.

–Sí, aunque a regañadientes, claro. Desgraciadamente, lamento decir que su estado está tan avanzado que yo ya no sirvo de ayuda. Tiene un abultamiento creciente y doloroso en el abdomen que no tiene tratamiento. Lo único que puedo hacer es que no sufra. A pesar de mi consejo, ha rechazado el láudano porque, según él, puede apañarse por su cuenta. Creo que los dos sabemos cómo lo ha intentado y me temo que con poco éxito.

–¿Está… muriéndose de verdad?

–Me temo que sí, milady. Confieso que me asombra que haya conseguido ocultaros su enfermedad tanto tiempo.

Lo había conseguido porque había sido demasiado egoísta al tener la relación con Robbie, al pensar en el colegio y al dejarse consumir por el deseo hacia Gordon. Tanto que no había prestado atención al hombre que le había dado muchísimo y al que había correspondido con muy poco. Durante todo ese tiempo, había dado por supuesto que bebía en exceso porque tenía un carácter débil. Sin embargo, su padre estaba muriéndose y había bebido por el dolor.

–Siempre ha intentado protegerme y yo he estado demasiado ocupada con mis preocupaciones –declaró Moira conteniendo un sollozo.

Tenía el corazón desbordante de remordimiento, culpa y arrepentimiento mientras el futuro daba otro giro, un giro distinto a cuando supo la verdadera profundidad de los sentimientos de Gordon.

–Si me disculpáis, milady, iré a examinarlo ahora. Creo que sería preferible que vos no estuvierais presente. Vuestro padre no intentará quitar importancia a los síntomas –dijo el médico en voz baja.

Sin esperar una réplica, dejó a Moira en el recibidor y entró en la sala.

Capítulo 22

Consternada, angustiada y preocupada por su padre y por Gordon, por lo que podría pasar cuando capturaran a Robbie si lo capturaban, Moira acabó llegando a su salita.

Durante mucho tiempo, hasta que llegaron a Dunbrachie, su padre y ella habían estado solos. Recordó los tiempos felices en Glasgow, antes de que él heredara un título al que nunca supo que tenía derecho, antes de que conociera a Robbie y a Gordon.

No podía abandonar a su padre en ese momento. Su colegio tendría que esperar. Su futuro con Gordon tendría que esperar. Esperó que él lo entendiera. Él lo entendería.

Se acercó a la ventana y miró al enorme jardín y al bosque. Si pudiera, renunciaría a todo aquello a cambio de que su padre se curara. Entonces, vio a Gordon que rodeaba lentamente el seto con una mano en el costado. Le dio igual que estuviera solo y no se preguntó dónde estaría Robbie cuando abrió la puerta de par en par y corrió hacia él.

—¡Gordon!

Él extendió los brazos para abrazarla sin importarle ya el dolor en el costado.

–¿Qué ha pasado? ¿Estás muy dolorido?

–Estoy bien. Solo estoy cansado y me duele un poco.

–¡No deberías haber ido corriendo detrás de él!

–Eso da igual –replicó él–. ¿Tu padre…?

Quiso contarle todo en ese momento, lo de su enfermedad y que había sido el responsable del incendio, pero, sobre todo, quiso saber que Gordon estaba bien.

–El doctor Campbell está con él y cuando termine, también puede verte. Hasta entonces, tienes que tumbarte y descansar.

–Enseguida –él le tomó la mano y caminaron juntos hacia la casa–. Tengo que contarte algo sobre Robbie.

Ella estaba deseando oírlo, pero le importaba más la salud de Gordon que lo que le hubiera pasado a Robbie.

–Eso puede esperar si estás cansado.

–No estoy tan cansado como para no poder contarte lo que ha pasado –replicó él mientras entraban en la salita y se sentaban en el sofá–. Alcancé a Robbie en una construcción en ruinas que hay en el bosque.

–Entonces, ¿ha vuelto contigo? ¿Dónde está?

Él negó con la cabeza y suspiró.

–No, se me escapó otra vez.

–¿Cómo? ¿Te hirió? –ella se levantó de un salto–. Voy a llamar al médico.

Gordon la agarró de la mano.

–Me derribó, pero eso no fue el único motivo para que pudiera escapar. Había otro hombre allí que estaba gravemente herido. Me quedé con él.

–¿Otro…? ¿Quién? ¿Qué hacía allí? –preguntó ella mientras volvía a sentarse en el sofá.

–Uno de los hombres que me atacó e incendió el co-

legio. Creo que era el dueño del perro. También estaba
el pelirrojo, pero ya estaba muerto.

–¿Muerto? –ella contuvo el aliento e intentó comprender lo que estaba contándole–. ¿Cómo? ¿Robbie…?

–Si alguien hizo algo, no fue Robbie. Se quedó tan
atónito como yo cuando nos los encontramos tumbados
en el suelo –contestó Gordon mientras le tomaba la
mano entre las suyas–. Al parecer, estaban en el altillo
del edificio y se cayeron. El pelirrojo debió de romperse
el cuello. El otro hombre tiene rotas algunas costillas y
una cadera dislocada. Lo hemos traído aquí y el doctor
también debería verlo, aunque me parece que no puede
hacerse gran cosa. Creo que los daños internos son graves y que estuvo demasiado tiempo allí tirado.

–¡Gordon! –exclamó ella en voz baja y con la voz
temblorosa.

Era espantoso oír todo eso, pero ella también tenía
que contarle algo y lo haría por muy difícil que fuera.

–Mi padre pagó a esos hombres para que quemaran
el colegio.

Gordon, atónito, se quedó mirándola un momento.

–¿Por qué? –preguntó por fin.

–Me dijo que le preocupaba que la gente que se oponía al colegio pudiera hacerme algo. Quería que yo
abandonara la idea, pero creyó que no podría convencerme y contrató a esos hombres –Moira retiró la mano,
se levantó y empezó a ir de un lado a otro–. Yo sabía
que estaba preocupado por mi seguridad y que le daba
miedo que la idea del colegio pudiera acarrearme problemas. Incluso, sabía que temía que eso pudiera impe-
dirme encontrar un marido adecuado, pero nunca jamás
me imaginé que pudiera llegar a quemarlo.

–Un acto muy equivocado –afirmó Gordon con un gesto de dolor mientras se levantaba–. Es posible que la bebida le hiciera pensar que era un buen plan –intentó justificarle él.

–No bebía porque le preocupara eso. Bebía demasiado porque... –ella tomó una temblorosa bocanada de aire antes de seguir–. Porque está muriéndose. Tiene un abultamiento en el abdomen. El doctor Campbell me lo dijo antes. Quiso que mi padre tomase láudano, pero él se negó. El doctor cree que bebía para mitigar el dolor. Durante todo este tiempo, lo he condenado por su debilidad, por ser egoísta, por incumplir su promesa. Sin embargo, yo debería haberlo visto... o haber preguntado...

Él se olvidó de su cansancio y de su dolor ante la angustia de ella y la abrazó con fuerza.

–Gordon, le dije cosas tan espantosas... –susurró ella con la voz quebrada.

Él había oído muchas veces ese remordimiento y ese dolor a lo largo de su carrera profesional.

–No te culpes –susurró él con los labios en su pelo–. Creo que él lo habría negado aunque le hubieses preguntado si estaba enfermo. He conocido a otros hombres como tu padre, hombres que creen que es preferible el silencio a decir la verdad, que creen que si soportan solos la enfermedad o los problemas, le ahorran el miedo y las preocupaciones a los seres queridos. No se dan cuenta de que la ignorancia puede causar más preocupación y dolor y que ese estoicismo puede llevar al desconcierto y la incomprensión cuando mueren. Aun así, estoy seguro de que en lo más profundo de su corazón quería ahorrarte preocupaciones porque te quiere.

Sus palabras la emocionaron y le quitaron el peso del remordimiento y el arrepentimiento. Se apoyó en él para tomar fuerza de su fuerza y que su presencia y amor, además de sus palabras, le sirvieran de consuelo.

–Él creyó que estaba protegiéndome como me protegió de un matrimonio desastroso cuando me habló de Robbie.

–¿No crees que le vendría bien saber que no tiene que preocuparse de que vayas a quedarte sola porque hay otro hombre que te ama y que intentará que seas feliz el resto de tu vida? Un hombre que está deseando que llegue el día en el que pueda decir que eres su esposa.

Aunque aquello la hacía feliz, ella no contestó inmediatamente.

–Si tenemos en cuenta lo que siente hacia ti, es posible que sea preferible no hablar de nuestros planes, al menos, inmediatamente. Quizá, dentro de unos días.

–Cuando te parezca mejor –concedió él acariciándole la mejilla.

Ella le tomó la cara entre las manos y lo besó lenta y cariñosamente, como quería besarlo todos los días de su vida y lo haría.

Unas horas más tarde, el alguacil daba vueltas al sombrero entre las manos y sacudía la cabeza en la sala de la casa del conde mientras se dirigía a Moira y a Gordon.

–Hemos buscado por todas partes, hemos preguntado a todos los posaderos, dueños de establos, cocheros y cobradores de peajes que hay en cien kilómetros a la redonda, pero nadie lo ha visto. Como he dicho, la única señal de sir Robert es el abrigo encontrado en la playa cerca de Plockton.

Moira y Gordon se miraron con abatimiento.

—¿Estáis seguro de que no había un barco por allí? —preguntó Gordon.

—Según los pescadores que faenan por allí, ninguno, señor

—Gordon... —susurró Moira intentando no llorar.

A pesar de todo lo que había hecho Robbie y de la angustia que había causado, ella no quería pensar que estaba muerto.

—Sí, milady, es un mal asunto cuando alguien hace eso, pero es lo que parece. Sir Robert se metió en el mar y nunca salió —el señor McCrutcheon se aclaró la garganta y adoptó un aire más profesional—. En cuanto al otro asunto, el incendio, como todos los responsables están muertos y nunca encontramos a quien los pagó, me temo que no se puede hacer gran cosa judicialmente.

Moira y Gordon se miraron. Ellos sabían la verdad, pero, dado el estado de su padre, decidieron no decirle nada al alguacil, al menos, mientras el conde viviera.

—Nos conformamos con saber que no provocarán más incendios —dijo Moira.

—Eso no lo harán. Ahora, hablemos de la investigación, señor McHeath. El juez de instrucción cree que no hace falta que venga a Dunbrachie a prestar declaración. Dice que el hombre que creímos que matasteis vos no murió en el colegio y que, por lo tanto, no pudisteis hacerlo vos. Lo arrastraron una buena distancia.

—¿Cómo lo sabéis? —preguntó Moira contenta de que

Gordon no tuviera que declarar, pero sorprendida por la explicación del alguacil.

–Por el barro en su ropa y que le cubría el pelo. Según el juez de instrucción, era demasiado. A mí no se me ocurrió tenerlo en cuenta, lamento tener que decirlo, pero, normalmente, cuando yo veo un cadáver, la familia ya lo ha lavado –el señor McCrutcheon apoyó las manos en las rodillas y se levantó–. Al parecer, ellos tres se mataron entre sí. Es una pena que no lo hagan más criminales, pero, entonces, ¿para qué servirían las cárceles? Me marcharé –concluyó el alguacil cuando nadie dijo nada–. Diría que ha sido un placer, señor McHeath, pero, dadas las circunstancias, no me parece lo más correcto.

–Sin embargo, yo sí puedo decir que ha sido un placer conocerlo –replicó Gordon tendiéndole la mano–. ¿Nos lo comunicará si sabe algo más de sir Robert?

–Sí, claro –contestó el alguacil–. Buenos días y espero que la próxima vez que nos veamos sea por algún motivo más agradable.

Gordon asintió con la cabeza y volvió a la habitación, donde Moira estaba mirando por la ventana. Era un día gris y sombrío, pero ella era como un rayo de sol.

–¿Crees que Robbie está muerto? –preguntó ella cuando Gordon se acercó y la abrazó por detrás.

–Es difícil saber lo que ha pasado sin tener más pruebas. Me gustaría creer que fue a la playa a pensar, se quitó el abrigo y se lo olvidó, pero cuando me acuerdo de cuál era su estado la última vez que lo vi… cuesta ser optimista.

–Cuánto lamento haber aceptado casarme con él –dijo Moira con un suspiro–. Cuánto dolor y cuántos problemas nos habríamos evitado todos si hubiese conocido mejor mi corazón y no hubiese permitido que mi orgullo y mi vanidad me hubiesen cegado.

–Todos pagamos por dejarnos llevar por el orgullo y la vanidad. Si yo no lo hubiese hecho, no me habría emocionado tanto que Robbie me hiciese caso cuando éramos jóvenes. Habría visto sus defectos y me habría dado cuenta de que debía evitarlo. Si yo hubiese conocido mejor mi corazón, me habría dado cuenta de que lo que sentía por cierta joven de Edimburgo no era amor ni deseo siquiera. Solo era una admiración juvenil –estrechó a Moira contra sí–. Ahora que sé lo que es el amor, también sé que fui un necio al creer que lo que sentía por Catriona se parecía lo más mínimo.

Moira se dio la vuelta para ponerse de cara a él.

–Gordon, he estado pensándolo y he decidido contarle hoy a mi padre lo que pasa entre nosotros. Ya ha habido bastantes secretos.

Gordon miró su expresión de firmeza.

–¿Estás segura?

–Sí. Además, me gustaría que estuviera en nuestra boda y creo que debería ser… pronto.

–Hoy mismo me parecería maravilloso –se alegró él sinceramente–, pero si tengo que esperar unos días, qué se le va a hacer.

Ella le sonrió con melancolía.

–Yo también preferiría que fuese hoy, pero necesitas algún tiempo para volver a Edimburgo y ocuparte de tus clientes.

–También tengo que preparar el traslado a Dunbrachie y comentar a mis amigos que recibirán una invitación de boda.

–Espero caer bien a tus amigos.

–Bueno… –empezó a decir él lentamente mientras se sentaba en el sofá con ella sobre el regazo–. Tengo que reconocer que no había pensado mucho en la vida social que íbamos a hacer. Solo he pensado en estar a solas con mi esposa.

–Yo también he pensado en estar a solas con mi marido –reconoció ella rodeándole el cuello con los brazos.

Él la besó inmediatamente.

–¡Santo cielo!

Moira se levantó de un salto, se dio la vuelta y vio a su padre que la miraba indignado desde la puerta.

–¡Papá! –exclamó ella mientras corría asustada hacia él, aunque no porque la hubiera sorprendido besando a Gordon–. ¿Qué haces levantado? El médico ha dicho…

–¡Me da igual el médico! –la interrumpió él–. Sé cuándo estoy bien y puedo levantarme de la cama y me alegro de haberlo hecho si iba a encontrarme con esto –señaló a Gordon, quien también se había levantado–. ¡Fuera de mi casa… sinvergüenza!

Moira agarró con delicadeza el brazo extendido de su padre y se lo bajó.

–Papá, por favor, no lo entiendes.

–¿Cómo que no? ¡He visto lo que estaba haciendo!

–Lo que yo también estaba haciendo, papá –le corrigió ella mirándolo–. No tienes que enfadarte, vamos a casarnos.

El conde abrió los ojos como platos, la miró fijamente, miró a Gordon y volvió a mirar a su hija.

–¿Casaros? –preguntó él como si le hubiese dicho que iba a tatuarse.

—Casarnos —confirmó ella—. Lo antes posible.

—¿Esperas un hijo? —preguntó él.

—¡No, papá! —gritó ella—. Estamos enamorados y vamos a casarnos. Querías que me casara, ¿no?

—Sí, pero... pero... —su padre se dejó caer en el sofá, miró a Gordon y volvió a mirar a Moira con seriedad—. ¿Te has olvidado por casualidad de que este hombre estaba ayudando a sir Robert a demandarte?

—Estaba —repitió Gordon enfáticamente—. Ya no soy su abogado ni su amigo.

Si su padre no estuviese tan enfermo, ella le habría recordado que había contratado a unos hombres para quemarle el colegio, pero como estaba enfermo y ella estaba segura de que Gordon sabría defenderse solo, se quedó en silencio.

—Sois un mero abogado. Ni siquiera sois abogado del Estado.

—Es verdad —reconoció Gordon sin inmutarse—. No obstante, me he ganado muy bien la vida y soy muy respetado en mi profesión. Además, os prometo, milord, que la felicidad y bienestar de vuestra hija será siempre mi prioridad.

—Y la de nuestros hijos —añadió Moira.

Su padre siguió frunciendo el ceño, pero ella captó algún motivo para la esperanza en sus ojos.

—Al menos, los hijos te retendrán en casa —comentó el conde mirando de soslayo a su hija antes de mirar a Gordon con los ojos entrecerrados—. Supongo que no podréis conseguir que se olvide de esa idea de educar a los pobres.

—No pienso intentarlo, milord. Pienso ayudarla en todo lo que pueda.

—Mmm...

–Milord, comprendo que vuestros reparos se deben a una necesidad natural de proteger a vuestra hija –siguió Gordon en un tono que a Moira le pareció el que debía emplear en los tribunales–, pero tengo que recordaros que es mayor de edad. No podéis prohibirle que se case ni sus iniciativas benéficas. Además, milord –Gordon suavizó el tono y la expresión–, debéis daros cuenta de que habéis criado a una hija tan obstinada e inteligente como vos.

A Moira le pareció lo mejor que podía haber dicho para suavizar a su padre.

–Supongo que tendréis que vivir en Edimburgo –gruñó el conde.

–No, papá. Todavía quiero que mi primer colegio esté aquí –replicó Moira.

–Yo he observado que faltan abogados en Dunbrachie y los alrededores –intervino Gordon antes de que el conde se diera cuenta de que su hija había dicho el «primer» colegio–. En cambio, Edimburgo está lleno de abogados. Tenemos pensado vivir en Dunbrachie siempre que yo pueda encontrar una casa adecuada.

Su padre relajó los hombros por fin e, incluso, sonrió.

–Entonces, no pongo reparos, pero ¿qué es eso de encontrar una casa cuando hay una enorme como esta? Comprar otra sería tirar el dinero. Además, algún día será tuya, Moira. Podríais vivir muy bien aquí –el conde agitó un dedo en dirección a Gordon–. ¡Átala en corto, muchacho, o te pasará por encima sin compasión! Es igual que su madre, tiene la cabeza llena de ideas, planes y proyectos –él bajó la mano y miró a su hija con cariño–. Sin embargo, si la amas la mitad de lo que yo amé a su madre, serás muy feliz.

–¡Papá…! –exclamó Moira mientras abrazaba a su padre y sonreía con los ojos empapados de lágrimas.

Unas semanas más tarde, Moira levantó la mirada y sonrió al ver a su marido en la puerta de la sala de la casa del conde de Dunbrachie. La sonrisa se esfumó cuando vio su expresión cansada y preocupada. Dejó a un lado la costura y se apresuró para besar a Gordon en los labios.

–¿El señor MacIntosh ha resultado ser más inflexible sobre el contrato de lo que te imaginabas?

Gordon había dedicado mucho tiempo y esfuerzo profesional al malhumorado señor MacIntosh y sus complicados asuntos comerciales.

–No –contestó él abrazándola.

–¿Has tenido otro cliente que quería hablar de tu victoria sobre Titán?

–No –contestó con una leve sonrisa–. Supongo que no debería quejarme si eso me proporciona clientes, pero es un poco agotador.

Ella pensó en algo que podría borrar esa expresión sombría de su rostro.

–El doctor Campbell dijo que mi padre está mejorando mucho más de lo esperado –comentó ella mientras lo llevaba al sofá y se sentaba a su lado–. Apartarlo de la bebida y contar con la ayuda de la señora McAlvey le ha venido muy bien. El doctor Campbell cree que si todo sigue así, mi padre podría vivir otros ocho meses como mínimo, lo suficiente para que vea a su nieto.

–Me alegro de que esté…

Gordon se quedó inexpresivo un momento, hasta que

sus ojos resplandecieron con una alegría que también le hizo inmensamente feliz a ella.

—¡Nieto! —exclamó Gordon levantándose de un salto—. ¡Moira! ¿Estás… estamos… un bebé?

—Sí, estamos esperando un hijo —confirmó ella entre risas.

Él la abrazó y la levantó para besarla por toda la cara.

—¡Moira…! ¡Es maravilloso! No podía ser más feliz…

Se abrazaron y besaron durante unos minutos. Moira lo estrechó contra sí con todas sus fuerzas y con todo su amor, amando la vida que compartían después de todo lo que habían tenido que pasar. Por eso, cuando Gordon se apartó, ella se quedó espantada al ver que estaba más serio todavía.

—Estoy tan feliz que casi se me olvida decirte que tengo noticias de Robbie.

Moira comprendió que estuviera serio.

—¿Está muerto?

—No, está vivo.

—¿Vivo? —preguntó ella con alivio y cierta incredulidad—. ¿Dónde está? ¿Está en la cárcel?

—Siéntate, Moira, te lo explicaré.

Ella obedeció casi sin darse cuenta de dónde estaba sentándose. Él se sentó a su lado y sacó un sobre de la chaqueta.

—Esta tarde recibí esta carta. Es del propio Robbie. Está en algún sitio de América. Lamenta todo lo que pasó y se arrepiente por habernos causado algún dolor.

—Me alegro de que no esté muerto —reconoció Moira con alivio y sinceridad—. Sin embargo, el abrigo… ¿era de otra persona?

–No, era suyo. Iba a ahogarse, pero, en el último momento, la marea cambió y él lo interpretó como una señal de que también podía cambiar su vida, como ha hecho. Además, manda un documento que me da poderes sobre todas sus posesiones. Me da instrucciones para que venda la casa, los terrenos y la fábrica de tejidos para saldar sus deudas. Si después queda algún dinero, tengo que dártelo para que construyas un colegio. No quiere nada para sí mismo.

–¿Nada? Pero ¿de qué va a vivir?

Gordon sacó la carta del bolsillo de la chaqueta y la leyó.

No quiero nada porque no me merezco nada. He hecho cosas espantosas que lamento más de lo que puedo expresar. Diría que me costaron la mejor mujer del mundo, pero ella está mucho mejor contigo, Gordon, que si se hubiera casado con un pusilánime como yo. Voy a empezar desde cero en este nuevo mundo, voy a emplear un nombre nuevo y voy a trabajar para ganarme el pan. No puedo decir que sea divertido, pero ya me siento más hombre de lo que nunca me sentí en Escocia.

Solo espero que los dos podáis perdonarme. Lo hagáis o no, os deseo toda la felicidad del mundo y muchos años de dicha juntos.

Moira apoyó la mano en el brazo de Gordon mientras él doblaba la carta.

–Me alegro de que esté vivo, Gordon, y creo que podemos esperar que esté bien. Es posible que encuentre a una buena mujer a la que amar y con la que también tener una familia.

–Me encantaría –reconoció Gordon–. Al fin y al cabo, si no hubiese sido por Robbie, yo no habría estado viajando por ese camino ni me habría encontrado con una joven preciosa que se refugiaba en un árbol.

–Yo también se lo agradezco –dijo Moira mirándolo con los ojos rebosantes de amor–. Si no te hubiese invitado, yo no habría conocido al amor de mi vida. ¡Te amo con toda mi alma, Gordon McHeath!

–Como yo os amo, milady –replicó él inclinando la cabeza para besarla.

BRENDA NOVAK
PAREJA PERFECTA

Una tarde de mayo, la hija de Zoe Duncan, una adolescente de trece años, desapareció del jardín de su casa. A pesar de que la policía estaba convencida de que Samantha se había fugado, motivada por su descontento ante la próxima boda de su madre, Zoe no lo creía así. De hecho, estaba dispuesta a hacer cualquier cosa para recuperar a su hija, aunque ello significara renunciar a su trabajo, a la elegante casa de su prometido y se viera obligada a confesar todos sus secretos a un detective privado.

Jonathan Stivers era un buen detective, el mejor. Pero jamás se había encontrado con menos pistas a la hora de investigar... y tampoco tan atraído por una de sus clientas. De lo único que estaba seguro era de una cosa: Sam había sido secuestrada por una persona cercana a la familia...

N° 7

¡YA EN TU PUNTO DE VENTA!

Jayne Ann Krentz

Amor incondicional

Heather Strand, hermosa
e impulsiva, tenía gran-
des planes para sacar
adelante el centro turísti-
co de su familia en Tuc-
son. Uno en particular no
era precisamente de lo
más ortodoxo: quería con-
traer un matrimonio de
conveniencia con el diabó-
licamente guapo Jake Ca-
vender, la mano derecha
de su padre.

Un contrato prematrimo-
nial redactado hasta el
más mínimo detalle… o
eso creía Heather. Pero no
contemplaba la pasión
que ella sintió cuando la

boca cálida y aterciopelada de Jake se posó sobre la suya…

Entre líneas

Su luna de miel iba a ser eterna, o por lo menos eso pensaba Amber. Por lo que parecía, tal como se iban desarrollan-
do los acontecimientos, Gray y ella nunca llegarían a consu-
mar el matrimonio.

Amber sabía lo que hacía cuando se casó con Gray. Com-
prensivo y amable, era todo lo que buscaba en un marido.
Sensual y atractivo, era todo lo que deseaba en un amante.
¿Por qué tenían que esperar, si era obvio que se deseaban?